타임머신

허버트 조지 웰스

타임머신

서문 마리나 워너

한동훈 옮김

펭귄클래식코리아

타임머신

1판 1쇄 발행 2011년 2월 21일
1판 11쇄 발행 2022년 7월 4일

지은이 | 허버트 조지 웰스 옮긴이 | 한동훈
발행인 | 이재진 단행본사업본부장 | 신동해
편집장 | 김경림 마케팅 | 최혜진 이은미 홍보 | 최새롬
국제업무 | 김은정 제작 | 정석훈

브랜드 펭귄클래식 코리아
주소 경기도 파주시 회동길 20
문의전화 031-956-7213 (편집) 02-3670-1123 (마케팅)
홈페이지 www.wjbooks.co.kr
페이스북 www.facebook.com/wjbook
포스트 post.naver.com/wj_booking

발행처 ㈜웅진씽크빅
출판신고 1980년 3월 29일 제406-2007-000046호

Penguin Classics Korea is the Joint Venture with Penguin Random House Ltd.
Penguin and the associated logo are registered and/or unregistered trademarks of
Penguin Random House Limited. Used with permission.
펭귄클래식코리아는 펭귄랜덤하우스와 제휴한 ㈜웅진씽크빅 단행본사업본부의 브랜
드입니다. 펭귄 및 관련 로고는 펭귄랜덤하우스의 등록 상표입니다. 허가를 받아야만
사용할 수 있습니다.

이 책은 저작권법에 따라 보호받는 저작물이므로 무단 전재와 무단 복제를 금지하며,
책 내용의 전부 또는 일부를 이용하려면 저작권자와 ㈜웅진씽크빅의 서면 동의를 받아
야 합니다.

한국어판 ⓒ 웅진씽크빅, 2011
서문 ⓒ 마리나 워, 2005/펭귄랜덤하우스
웰스의 생애 ⓒ 패트릭 패린더, 2005/펭귄랜덤하우스

ISBN 978-89-01-11799-7 04840
ISBN 978-89-01-08204-2 (세트)

• 잘못된 책은 구입하신 곳에서 바꾸어 드립니다.
• 책값은 뒤표지에 있습니다.

차례

서문 / 꿈꾸는 자, 미래를 창조하다 · 7

타임머신 · 31

부록 1 / 웰스의 서문(1931) · 175
부록 2 / 웰스의 생애 · 182
옮긴이 주 · 192

서문

꿈꾸는 자, 미래를 창조하다

마리나 워너

꿈과 혼수상태가 시간 여행을 구현하는 으뜸가는 확실한 수단이었던 적이 있었다. 웰스가 『타임머신』을 발표한 5년 뒤인 1900년, 프로이트가 『꿈의 해석』을 발표하면서 꿈이란 수면자의 무의식적 욕망과 기억의 파편이라고 정의하기 전까지 꿈은 아주 다양한 사람들과 문화에 경고와 징조를 전달하는 역할을 했다. '꿈꾸는 자(dreamer)'로 태어난 사람들은 미래의 환영을 보았고 가끔은 그 의미를 이해했다. 성경에서 이집트의 요셉은 파라오의 예지몽을 해석했고, 로마 역사에서는 셰익스피어의 『줄리어스 시저』에서 보는 것처럼 악몽을 꾼 시저의 아내는 시저가 죽던 날 시저의 원로원 참석을 막으려 했다. 예지(豫知)는 심리학보다는 초자연에 가깝고 확실히 과학과는 거리가 멀다.

H. G. 웰스 또한 타고난 '꿈꾸는 자'이자 다듬어지지 않

은 재사이자 예언자였지만, 19세기 말 그는 자신의 탁월한 과학소설들에서 새로운 유형의 이야기꾼을 창조해서 새 유형의 예언을 선보였다. 웰스의 예언자는 더 이상 동굴 안에 있는 무당이나 바위 위에 앉은 성인이 아니고, 수면이나 혼수상태에서 환영을 보지도 않는다. 그의 예언자는 교외 작업실에서 손수 만든 자전거 비슷한 것의 안장에 앉은 남자로, 그 장치는 광석 라디오와 시계 장치, 포인트 전환 선로, 영화 촬영기로 이루어진 첫 번째 현대적 타임머신이다. 웰스는 이 장치를 이용해 대단히 흥미진진한 이야기 골격을 창안해서 인간 운명과 우주 역사, 계급투쟁에 대해서 그리고 성(性)과 여가, 노동, 기타 등등의 진화에 대해서 자신의 견해를 피력했다. 과거에 쓰인 작품들 중에서 이 소설이 오늘날까지 살아남아 모방하는 사람이 가장 많고 가장 영향력 있는 인기 작품 중의 하나가 된 이유는, 이 작품이 이야기 속 에피소드들과 겉으로 드러난 줄거리를 우리에게 전달하는 것에 머물지 않고, 그렇게 될 수도 있는 인간 의식의 한 형태를 보여 주기 때문이다. 타임머신은 영겁의 미래로 뛰어듦으로써 웰스만의 상상력을 깊이 있게 보여 준다. 그리고 정신 능력, 즉 주관적 상상을 과학 기술의 실제 견본으로 형상화한 것이 타임머신인데 그 타임머신은 시간과 공간에 물리적으로 그리고 구체적으로 적용된다. 타임머신은 델포이의 삼각대[1]요, 하나의 수정 구슬[2]이요, 별을 관찰하는 렌즈요, 주역(周易)

의 패이기도 하지만, 기계 시대에 만들어진 작동물이다.

19세기 말엽, 무의식에 매혹을 느낀 사람이 한둘이 아니어서 그 시기 가장 유명했던 심리학자 프로이트는 꿈과 억압에 대한 이론을 내놓았고, 빅토리아 왕조의 소설가이자 사상가였던 새뮤얼 버틀러는 무의식 기억 이론을 체계화해서 1880년 『무의식의 기억(Unconscious Memory)』이라는 책을 출간했다. 그 얼마 뒤에는 영혼과 심리학 분야의 기묘한, 그러나 고무적인 작가였던 프레더릭 마이어스가 '잠재적 자아(subliminal self)' 개념을 최초로 제기했는데, 그는 그것을 전생(前生)과 잊었던 경험에서 유래한 무의식적 꿈과 기억의 유력한 저장소로 보았다. H. G. 웰스는 한낱 정신적 여행에 불과한 것을 실제 탈것을 이용한 여행으로 바꾸어놓음으로써 그런 추론들을 극(劇)으로 일변시켰다. '육체 이탈 체험'이라는 용어에 완전히 새롭고 흥미진진하고 설득력 있는 의미를 부여한 것이다. 웰스의 기계는 현대문학의 행동적인 일면을 보여 주며, 비범하고 독창적인 공상 이야기를 펼쳐 보임으로써 무엇을 할 수 있는지를 입증한다. 또 하나 주목할 점은, 미래로 뛰어드는 『타임머신』의 고고학적 측면이 언어와 그 의미의 점진적 발전에 일조했다는 점이다. 웰스의 소설이 발표된 직후에 우연히 그것을 접하고서 몹시 흥분한 철학적 성향의 프랑스 시인 폴 발레리는 웰스의 기계를 차용해 자신의 착상을 표현했는데, 의식을 타임머신에 비유하는 것이었다. "하나의 상징은 타임머신 같은 것이다. 그것은 정신 작용에 의해 이루 말할 수 없이 압축된 시간이다."라는 결론에 그는 도달했다. 의식의 흐름 기법을 소설가들이 실험하기 10년도 전에 웰스는 자신만의 뛰어난 상상력을 흥미롭게 극화해서 억겁의 시간을 건너뛰는 상징을 창조해 냈고, '닥쳐올 일들'을 객관적으로 설명하는 매개체를 자신의 공상 능력으로 만들어냈다.

『타임머신』은 눈부신 일련의 창작물 중 첫 번째 작품이다. 웰스는 1895년부터 1898년까지 불과 3년 사이에 『투명인간』, 『모로 박사의 섬』, 『우주 전쟁』, 「플래트너 이야기」를 펴냈다. 브라이언 앨디스[3]는 웰스를 일컬어 "당대 최고의 창작자"라고 했다. 후대 작가들이 동일한 맥락의 작품을 끊임없이 써오고 있으니 오늘날 웰스는 21세기 사이버 소설의 원조, 사이버펑크[4]의 대부라 할 만하다. 호르헤 루이스 보르헤스와 더불어 웰스는 '우리에게 포스가 함께함(the force that's with us)'을 암시했고, '진실은 저 너머에' 있음을 처음 발견했으며, 매트릭스를 가동하는 막후의 힘을 상상했다.

웰스는 또한 고금의 극소수 점성가와 해몽가 들이 알아맞힌 수준으로 놀랍도록 정확한 예언을 오랫동안 아주 다양하게 했다. 그가 상상했던 공중폭격과 화학무기, 레이저 광선, 산업 견학, 우주여행, 유전자 공학, 성형수술, 지구 온난화, 진동하는 우주 등 일부는 실제로 우리의 현대 과학 기술 세계에서 더 이상 낯설지 않다. 그는 라디오와 비행기가 출현하기 전에 그것을 예견했으며 1차 세계대전에서 독가스를 사용하리란 사실까지 내다보았다. 한편 끈 이론[5]과 양자역학에 대한 최근 가설은 순간 이동과 돌연변이, 유전자 복제와 같은 웰스의 훌륭한 예측에 새로운 지평을 열고 있다.

예언 전통을 잘 알아 이따금 자신의 작품에서 신탁과 예언자를 암시하고 고대 여승의 말과 성경의 묵시록적 미래상을 내보인 웰스는 『타임머신』 최종판을 쓰던 도중에 한 친구에게 편지를 써서 "이것은 델포이의 최근 음성이라네. 그 삼각대는 아직 부서지지 않았어."라고 말했다. 그러나 이야기꾼으로서의 그의 영감 어린 행보는 그가 활동을 개시한 19세기 말에 만연했던 오컬트와 초능력과는 거리가 멀었다. 웰스는 『타임머신』의 근간이 되는 아이디어로 1888년부터 1895년까지 몇 편의 소설을 써서 발표했는데, 시간 여행이라는 독창적인 발상은 다름없지만 그것을 이야기하는 형식에서 큰 변화를 보여 주었다. 그의 소설 영역에서 초자연과 초능력 요소가 극적으로 배제되고 대신 이전의 유토피아 우화들보다 훨씬 도발적이고 흥미로운 작품을 쓰도록 해준 새로운 범용 화법을 선택한 것이다. 「시간 탐험가들(The Chronic Argonauts)」은 다소 과장된 제목[6]에서 짐작하듯 미신과 고풍스러운 우화 범주를 벗어나지 못한다. 이 작품에는 느보깁펠(Nebogipfel)이라는 부자연스러운 이름을 가진 마술사가 나오는데 '안개에 싸인 봉우리'를 뜻하는 이 장난스러운 독일식 작명에서 보듯 신비주의와 비의(秘儀) 전통에서 그리 멀지 않다. 웰스는 이 분야의 문학을 잘 알고 있었다. 그에게 영향을 끼친 사람으로는 우스꽝스럽고 음란한 마법의 탁월한 대가인 사모사타의 루키아노스[7]와, 루키아노스를 추종한 모방자 아풀레이우스가 있는 듯하다. 아풀레이우스는 『변신 혹은 황금 당나귀(The Metamorphosis, or The Golden Ass)』[8]를 썼는데 변신과 주문, 기괴한 사고를 훌륭하게 연속시켰다. 웰스의 시대에서 좀 가까운 에드거 앨런 포가 자신의 초자연적 소설들에서 선보인 속도와 단도직입적 기술을 웰스가 자신의 이야기 기법에 도입한 게 분명하다. 이런 대가들이 M. R. 제임스와 H. P. 러브크래프트의 환상 이야기에 꾸준한 영향을 끼친 반면, 웰스는 그들과 아주 뚜렷한 차이를 보인다. 그는 초감각 현상으로 독자들을 흥분시키거나 미지의 수수께끼로 우리를 전율케 하지 않고, 오히려 알려진 것의 경이로움을 보여 주고 이성에 의해 밝혀진 자연과 우주의 신비를 우리에게 소개한다. 앨런 포는 마루 밑에서 재깍거리는 시계 초침 소리로 우리를 소름 끼치게 하고, 로버트 루이스 스티븐슨은 어린 시절 병석에 누워 있을 때, 보모가 들려준 스코틀랜드 요정 이야기와 기이한 설화에서 훌륭한 공포 기법을 배웠다. 러브크래프트는 벽 속에서 사각거리는 쥐 소리로 소름이 돋게 하고, 귀신이 붙은 이 분야에 발을 들여놓은 헨리 제임스는 『나사의 회전(The Turn of the Screw)』(1898)에서 불가해한 현상과 비합리적인 악의를 이용해 아주 효과적으로 전율과 쾌감을 불러일으킨다. 이들과는 현저히 다르게 H. G. 웰스는 탁 트인 (웰스가 좋아하는 단어인) '조망'을 뚜렷이 드러내면서 자신이 열어 보이는 문 저편의 세상은 개인의 환상이 아니라 설명 가능한 과학적 진실임을 설득하려 한다.

웰스의 과학소설에서 '기담'이라는 인기 장르는 다른 장르들과 독특한 방식으로 융합한다. 그가 집필한 시기는 많은 대가들이 전율과 스릴을 추구한 시대일 뿐 아니라 아동 환상 문학과 유토피아 소설, 여행 모험담이 유별나게 많이 쏟아져 나오던 시기였다. 19세기 말엽에 대영제국이 확장을 거듭하자 그리스 비극의 코러스처럼 그 행위를 자랑스럽게 혹은 공포스럽게 평하는 다양한 이야기물들이 뒤따랐다. 웰스는 이런 목소리들에 성심껏 귀 기울였다. 『타임머신』에서 무섭고 혐오스러운 몰록들에 맞서 생존을 위해 겨우 안전성냥 한 갑을 무기 삼아 싸우는 주인공의 담력과 공격성은, G. A. 헨티[9]와 헨리 라이더 해거드(『솔로몬 왕의 보물(King Solomon's Mines)』(1886), 『동굴의 여왕(She)』(1887))의 오만한 모험물에 나오는, 목숨 걸고 위험을 돌파하는 주인공들의 행동을 그대로 닮았다.

시간 여행자가 미래에 첫발을 내디뎠을 때 그 근처에는

사라진 문명의 부식된 유물인 날개 달린 육중한 스핑크스 백상(白像)이 있었는데 그것은 리치먼드에서 멀리 떨어진 어떤 이국땅을 떠올리게 한다. 시간 여행자가 나중에 발견하게 되는 청자기 궁전 또한 (큐가든[10])에 탑 하나, 런던 템스 강변에 오벨리스크 하나와 각양각색의 스핑크스들을 보내온) 멀리 떨어진 식민지들을 연상시킨다.* 하지만 부강한 빅토리아 왕조는 또 다른 문학을 부추겼다. 미지의 장소, 다른 장소, 이상한 나라, 멀리 떨어진 곳을 무수히 만들어내어 그곳을 배회하는 상상 문학이 그것이다. 사회 현실을 환상 공간에서 재구성하려는 욕구는 기독교 개혁 이상가인 찰스 킹즐리의 경우, 물속 피난처를 그린 『물의 아이들(The Water Babies)』(1863)로 나타났고, 조지 맥도널드는 기사도적인 요정 왕국을 그린 『북풍의 등에서(At the Back of the North Wind)』(1871)로, 테니슨은 아서 왕 일대기를 시로 탐구한 『국왕목가(The Idylls of the King)』로 나타났다. 루이스 캐럴도 앨리스의 눈으로 본, 터무니없이 뒤집어진 '이상한 나라'와 '거울 나라'를 선보여 전제정치와 압제적인 통치자, 앞뒤가 안 맞는 말이 통용되는 어른 사회의 대안으로 삼았다. 피터 팬의 이상향은 빅토리아 시대 보육 전통에서 벗어난 유토피아

---

* 큐가든의 그 탑은 1870년대에 대중에 공개되었고, 클레오파트라 궁의 175톤에 달하는 오벨리스크는 화려한 스핑크스 벤치들 같은 이집트 유물들과 함께 1878년 템스 강변으로 옮겨 왔다.―마리나 워너

로서 부강한 빅토리아 시대를 낳은 여러 요건들을 그곳에서 구체적으로 뒤집는다. 그래서 그 누구도 착하거나 부지런하거나 일하거나 고생하거나 궁핍을 겪거나 할 필요가 없고, 주인이나 두목에게 학대당하거나 모욕받거나 순종하거나 하지 않아도 된다.

아동문학은 엄청난 팬과 국제적인 독자층을 보유해 온 반면, 일부 성인 공상물은 지금에 와서 재미보다는 그 의미를 평가받고 있는 것 같다. 웰스는 이 전통에 기여한 중대한 두 작품, 즉 새뮤얼 버틀러의 『에레혼(Erewhon)』(1872)과 윌리엄 모리스의 『유토피아 뉴스(News from Nowhere)』(1890)에서 직접 감화를 받았다. 있음 직한 별세계를 그린 이 공상물들의 작가는 모두 탁월하고 비범한 사람으로, 관심과 활동 범위가 광범위하고 개혁과 유토피아에 쉼 없는 정열을 보여 왔다. 선구적인 사진가이자 심리학자이며 풍자 소설가인 버틀러는 이 작품에서 세계의 진보를 자신의 관점에서 맹공격한다. '에레혼(Erewhon)'(미지의 장소를 뜻하는 nowhere의 철자를 거꾸로 한 것)은 모든 것이 다 거꾸로 된 세상으로, 아픈 것이 죄가 되고, 벌 받을까 봐 질병을 전부 감추는 반면 부조리는 무조건 숭배된다. 버틀러는 다윈이 『종의 기원』에서 내보인 인간 생존 투쟁에 대한 관점에 상당한 위험이 내재해 있다고 보고 그에 응답했고, 웰스가 이를 본받았다. 그와는 대조적으로 윌리엄 모리스는 훨씬 관대한 낙관주의자,

몽상가, 라파엘 전파(前派)[11]의 창시자, 투철한 사회주의자, 인쇄업자, 시인, 화가, 미술 공예 운동[12]을 성공으로 이끈 이름난 주창자였다. 그는 자신의 벽지와 직물로, 빅토리아 시대 디자인의 외양과 질에 깊숙이 파고든 미의식을 창조했다. 모리스의 글은 다윈과 버틀러의 그림자에 가려 빛을 보지 못했지만 『유토피아 뉴스, 혹은 휴식의 시대: 유토피아 소설의 몇몇 장들(News from Nowhere or An Epoch of Rest: Being Some Chapters from a Utopian Romance)』에 나오는 공상 사회에서 인간은 공업이 쇠퇴한 목가적 전원생활로 행복하게 퇴보한다. 현대성이 폐기된 그곳의 훌륭한 인물들은 수공예가 발달한 변형된 중세기에 살고 있다. 버틀러와 모리스의 '미지의 장소'는 『타임머신』에서 일부 관찰된다. 웰스가 이 선배들이 제기한 주제들을 명백히 이어받아 그들의 관점을 모리스식의 엘로이와 버틀러식의 몰록으로 극화했기 때문이다. 웰스는 또한 모리스가 사용한 기막힌 시점 전환을 채용해 전통적인 '아주 먼 옛날에'를 미래에 적용했다.

웰스의 이야기가 가진 신선함은 이런 새로운 사실주의(진부한 표현을 의도적으로 많이 사용하는)적 어조에서 비롯된다. (비행기 여행을 놀랍게 예언한 소설 「공중 탐험가들(The Argonauts of the Air)」에서는 비행기 구조에 대해 쓴 바 있다. "촘촘한 쇠기둥들 사이로…… 에서 쪽으로 산뜻한 풍경을 흘끗 볼 수 있었다." 평범한 것을 낯설게 하는 아주 전형적이고 확실한 방법이다.) 『타임머신』에서 보듯 그가 선호하는 무대는 런던 근교의 나무 많은 교외이고, 그가 즐겨 다루는 인물은 중산층에서 중하층의 보통 사람들이다. 그의 화법은 의도적으로 건조하고 객관적이고 과학적이다. 그는 이 낯익은 풍경에 난폭한 사건들을 배치해 우리의 흥분을 증폭시킨다. 공상물에서 빠지지 않는 허무맹랑한 제재를 겉보기에 '허무맹랑하지 않은' 경험담으로 전도하려는 전략이다. 웰스의 문장에 사실감을 부여하는 것은 물리학뿐이기 때문에 그는 초자연적인 것보다는 자연적인 것을 훨씬 선호한다. 오히려 그게 효과를 내어 독자로 하여금 당혹스러운 형이상학에 더욱 깊게, 그리고 더욱 어지럽게 빠져들도록 한다.

『타임머신』은 경장편 혹은 중편소설로, 열두 개의 장과 하나의 에필로그로 이루어져 있다. 이 소설은 액자소설로서 구두 이야기 형식의 미래 이야기를 안에 포함하고 있다. 외부 이야기의 화자는 분명 이해 관계자가 아니며 주인공 발명가보다 한결 이성적이고 믿을 만해서 문제의 사건을 우리에게 더 효과적으로 납득시킨다. 시간순으로 배치된 정교한 이야기는 뒤이은 경험자의 이야기가 불러일으키는 긴장감에 일조한다. 이 소설은 크게 세 부분으로 구성되어 있다. 이야기는 발명가의 집에서 만찬 모임 도중에 시작된다. 그 자리에서 발명가는 자신의 사차원(시간) 이론을 설명한 다음, 자신의 발명품을 작게 축소한 모형을 손님들에게 보여 준다. 공간을 여행하듯 시간을 여행하는, 아름답게 만들어진 기계 장치다. 손님 중 한 명이 장치의 레버를 작동시키자 이 모형은 시간 속으로 여행을 떠난다. 모형은 테이블 위에서 사라져 되돌아오지 않는다. 누군가가 눈속임일 가능성을 제기하지만 그 의견은 즉각 철회된다. "속임수가 아니었음을 나는 절대 확신한다."라고 화자는 말한다.

일주일 뒤 손님들이 두 번째로 모였을 때, 시간 여행자는 텁수룩하고 수척한 모습으로 발에서 피를 흘리며 나타나서는 서기 802,701년으로 여행한 자신의 이야기를 손님들에게 들려준다. 미래에서 인류의 후손을 만나본 그의 경험담은 처음엔 굉장히 멋지지만 나중에는 소름이 끼친다. 이 부분은 전체 이야기에서 가장 풍성하고 극적인 사건과 행위로 가득한데, 하얀 스핑크스 근처에 내렸던 일이며 엘로이들을 조우했던 일, 그가 위나에게 애정을 느꼈던 일, 몰록들과 생사를 걸고 다투었던 일 등이 나온다. 이 부분의 정조는 펄프 픽션의 공격적인 투쟁에서 주일학교의 목가적인 정서에 이르기까지 그 기복이 심하다. 세 번째 부분에서 시간 여행자는 그 뒤에 자신이 시간 속으로 더욱 빠르게, 더욱 깊숙하게 빠져든 일을 설명한 다음, 중세 신벌(神罰) 우화를 연상시키는 묵시록적 미래에서 암흑천지로 변해 버린 지구의 종말을 목도한다. 그곳에는 "붉은 바닷물을 배경으로" 더듬이를 치렁거리며 깡충깡충 뛰는 괴기스러운 둥근 생물체 단 하나가 있을 뿐이었다. 마지막으로 우수 어린 간결한 에필로그에서 화자는 시간 여행자가 3년 전에 다시 떠나서 아직 돌아오지 않고 있다고 말한다.

웰스가 선구적인 과학소설을 창작하던 빅토리아 왕조 말기는 전무후무한 과학 발견의 시대였고, 많은 빅토리아 시대 과학자들은 현대를 잉태한 과학 기술을 발전시키고 있었다. 전자기학(電磁氣學)이며 전파, 엑스선, 신종 기체들(네온, 아르곤, 크립톤, 크세논)은 지금의 현대성을 낳았다. (해저 케이블이 세계를 연결하고 있었고, 도시들은 밤에도 밝았으며, 영화 산업이 시작되었고, 뒤이어 전화와 텔레비전까지 등장했다.) 이러한 온갖 기술혁신은 이런저런 흥미로운 가능성을 그려보는 분위기를 조성했다. 영상과 음성이 원거리에까지 전달될 수 있다면 생각과 물체 또한 그렇게 될 수 있지 않을까? 1882년, 그러니까 H. G. 웰스가 사우스 켄싱턴에 있는 과학사범학교에서 공부하기 2년 전에 일단의 대표적인 철학자와 과학자 들이 온갖 불가해한 현상을 연구하기 위해 심령연구협회를 창립했다. 놀랍게도 그들의 태도는 철저히 과학적이고 실증적이었다. 그들은 진지하고 비판적인 합리적 정신으로 텔레파시와 순간 이동, 염력, 기타 가능성에 대한 실험에 착수했다.

발명가의 리치먼드 저택에서 펼쳐지는 『타임머신』의 액

자 밖 장면은 심령연구협회가 활동하던 사회 배경과 비슷하다. 심리학자가 발명가의 작은 견본인 첫 번째 타임머신을 미래로 떠나보낼 때는 심령연구협회의 회합을 일부 재연하고 있는 듯한 인상까지 준다. "한 줄기 바람이 불면서 램프 불꽃이 일렁거렸다. 맨틀피스 위 촛불 하나가 꺼지고 그 작은 기계가 갑자기 회전했다. 흐릿해진 그것은 일순 유령처럼 보였다. (중략) 그리고 사라졌다…… 없어졌다!"

나중에 미래에서 돌아온 시간 여행자는 자신의 호주머니 안에 큰 흰 꽃 두 송이가 짜부라져 있는 것을 발견한다. 이 꽃들은 미지의 종(種)으로, 그 자신과 청자들에게 그가 꿈을 꾼 게 아니라 실제로 엘로이들의 에덴동산에서 그들과 살다 왔음을 입증한다. 이와 비슷하게 그 협회 연구자들은 '아포르'를 무척 중요하게 생각하는데 아포르란, 영매가 집회 도중 나타나 착석자들에게 건네는 물건을 말하는 것으로 종종 꽃으로 체현된다.(엘리자베스 배럿 브라우닝[13]은 일링에 있는 친구네 집에서 열린 강신술 집회에서 유명한 영매인 대니얼 던글라스 홈이 그녀의 머리 위에 화환을 나타내자 기쁨을 감추지 못했다. 알려지기론 홈은 그녀의 맞은편에 앉아 마법을 부렸다.) 『타임머신』에 나오는 가정부 이름인 '워쳇 부인' 또한 웰스식 유머의 표현으로, 밤에 시시덕거리는 장면 혹은 영매술을 암시한다.

빅토리아 시대의 심령학 고찰에 관심의 끈을 놓지 않은

웰스는 자신의 권위 있는, 그리고 크게 성공한 백과사전적 생물학 연구서 『생명의 과학』(1930)에서 '경계지(境界地)'에 대해 자세히 설명하고, 최면학과 다중 인격, 심지어 영매의 몸에서 나오는 심령체 사진들까지 수록했다. 그러나 무엇보다 중요한 연관성은 심령연구협회의 철저한 과학적 조사 방법이 기묘하고 놀라운 현상에 대한 유다른 사고와 창작 방법을 제시한 것이다. 1933년, H. G. 웰스는 자신의 가장 유명하고 성공한 소설들을 차분하고 솔직하게 돌아보면서 자신의 기법을 다음과 같이 설명했다. "공상 소설 작가들은 독자가 게임을 제대로 하게끔 도와야 한다. 작가는 도를 넘지 않는 선에서 가능한 모든 방법을 동원하여 현실성 없는 가설을 독자에게 납득시켜야 한다. 독자를 속여서 경솔한 양보를 이끌어내고 그럴듯한 가정을 받아들이도록 해야 한다. 독자가 환상에 빠져 있는 동안 작가는 이야기를 진척해야 한다. 내 소설들이 세상에 처음 나왔을 때 그 안에 약간 진기한 면이 있는 것은 그 때문이다. 공상 모험소설을 제외하면 여태껏 공상적 소재들은 신비한 힘에 의지했다. …… 나는 과학적 변설(辯舌)을 독창적으로 사용하는 쪽이 유리할 것 같다는 생각이 들었다."*

『타임머신』을 쓰던 당시 웰스는 과학 저널리스트로 활동

---

* H. G. 웰스의 『일곱 편의 유명 소설(Seven Famous Novels)』(New York, 1934)에서. —마리나 워너

하고 있었고, 그 아이디어를 (소설이 아닌) 일련의 에세이를 통해 막 탐구하던 중이었다.(이 에세이들은 여러 잡지에 첫선을 보였다.) 이 소설은 어린 시절부터 웰스의 마음을 사로잡았던 것들을 포함하고 있다. 모친이 업파크에서 하녀로 일하는 동안 웰스는 도서관에서 우주론과 생물학, 인간 행동 윤리학을 처음 만났다. 거기서 그는 멸종한 동물들 사진을 보았는데 영구히 지워지지 않는 인상을 받았다. 그리고 존 버니언의 『천로 역정(The Pilgrim's Progress)』과 스위프트의 『걸리버 여행기』 등을 읽었다. 그는 어렵게 장학금을 받아 사우스 켄싱턴에서 저명한 다윈주의자였던 토머스 H. 헉슬리 밑에서 진화론 강의를 들었다. 헉슬리는 웰스의 작가 생활 내내 깊은 영향을 끼쳤고 또한 그의 가상 상담자 노릇을 했다. 웰스는 인간 사회의 자연선택[14]과 밀접히 관련한 소설과 역사물을 쓰며 분투를 계속했는데 헉슬리는 이렇게 주장한 바 있다. "사회 진보란 우주적 과정을 매 단계마다 견제하여 그것을 다른 것으로 대체함을 의미한다. 따라서 윤리적 과정에 다름 아니다. 결국에는 가장 잘 적응한 자들이 생존하는 게 아니라…… 윤리적으로 가장 우수한 자들이 생존한다." 이 같은 정신으로 웰스가 엔트로피[15](인간의 퇴보, 삭막한 경쟁, 우주 냉각)를 중단시킬 수 있는 어떤 것을 상상해 내자 그의 전도는 밝아진다. 그러나 견제되지 않은 자연선택의 피할 수 없는 결과를 직시하면서 그는 (『타임머신』에서처럼)

어둠과 절망의 나락에 빠져든다.

『타임머신』에 나오는 미래상은 인류의 결말에 대해 노골적인 경고를 전달한다. 시간 여행자는 우아하고 연약하고 아름답고 어린아이 같은 지상 세계 사람들을 먼저 만난다. 그들은 꽃 피는 풀밭에서 하루하루를 빈둥거리고, 과일을 주식으로 삼으며, 춤과 장난 같은 애정 행위로 시간을 보내고, 읽고 쓰는 법은 잊은 지 오래며, 불을 이용하는 법조차 모른다. 이들은 엘로이(Eloi)들로, 그 이름은 '엘리트(elite)'와 '엘로힘(elohim: 구약성서에 나오는 하느님을 칭하는 보통명사)'을 환기시킨다. 시간 여행자는 물에 빠진 엘로이 여자를 한 명 구해 주는데, 그 어린아이 같은 위나와의 우정이 깊어지면서 엘로이들이 공포에 떠는 이유를 알게 된다. 인류는 뚜렷한 두 아종(亞種)으로 진화했다. 어둡고 깊은 땅 밑, 복잡하게 연결된 지하도, 수직굴, 땅굴에는 몰록들이 살고 있었다. 그들은 눈이 어둡고, 햇빛 부족으로 피부가 회백색이지만 여전히 총명하고 도구를 사용할 줄 아는 생물들로, 노동과 생산을 담당한다. 몰록(Morlock)이란 이름은 월록[16]을 연상시킬 뿐만 아니라 성경에 나오는 단어인 몰록[17](「열왕기하」 23장 10절[18]) 또한 떠올리게 한다. 시간 여행자는 몰록들이 엘로이들을 잡아먹는다는 사실을 점차 또렷이 알게 된다. 엘로이들의 꽃 피는 동산은 그들이 몰록들의 지하 굴로 옮겨지기 전에 귀여운 어린양처럼 마음껏 뛰놀도록 방목된 목장이었다. 시간 여행자의 애인은 위나(Weena)라는 왜소한 이름을 가졌는데, 비슷한 철자의 '윈(wean)'[19]은 무력하고 유아 같은 그녀의 특성을 독자에게 각인시킨다. 게다가 '위너(weaner)' 또한 어린 동물, 즉 송아지나 새끼 돼지, 새끼 양을 의미한다. 어쨌거나 가증스러운 식습관을 지닌 몰록과 화재로 죽는 위나는 둘 다 비참한 운명이긴 마찬가진데, 평범한 것을 싫어하는 웰스의 괴팍함을 무심결에 드러낸다. 실제로 시간 여행자는 자신이 일으킨 산불 와중에 단지 위나를 잃어버린 것이라고 독백한다.(혹은 자위한다.)

인간의 운명에 대한 이런 흥미진진하고 소름 끼치는 미래상을 낳은 웰스의 상상력은 빅토리아 시대 과학의 뚜렷한 두 가지 경향에 힘입은 바 크다. 첫째, 온갖 종류의 기계장치에 열광했던 당대 과학은 카메라에서 케이블, 비행기에 이르는 발명품들을 전 세계로 수출했다. 둘째, 생존, 개인주의 대 집단주의, 그에 따른 개인에 대한 후기 낭만주의 관점과 공동체 및 생태에 대한 사회주의적 혹은 보편주의적 이상과의 충돌을 둘러싸고 후기 다윈주의 논쟁이 지속되었다.

첫 번째 경향은 타임머신을 태동시켰다. 타임머신은 시간 여행자의 최신 발명품으로, 소설 맨 처음 문단에서 알 수 있듯 그는 "그저 앉힌다기보다는 포근히 품어 어루만져 주는" 식당 의자들을 고안한 사람이다. 이 가공의 인체 공학 가구는 그보다 훨씬 더 야심적인 고안품, 즉 타임머신의 등장을 예비한다. 새뮤얼 버틀러는 『에레혼』의 종반부에 '기계에 대하여'란 장을 포함시켰는데, 이 장에서 버틀러는 기계적 유물론을 극단으로 밀어붙여 자연과 사회, 인가(人家)의 모습을 비정하리만치 기계 개념으로 정교하게 구축했다. 그는 눈을 '보는 기능을 가진 작은 엔진'으로 설명하고는 이렇게 단언했다. "사람의 영혼은 기계 덕택에 존재한다. 기계가 만든 것이기 때문이다."

웰스는 버틀러의 악몽 같고 풍자적인 디스토피아에서 깊은 감화를 받았다. 위나를 데리고 자신의 시대로 되돌아가려던 시간 여행자는 에레혼[20]의 연인인 애로웨나(Arowhena)와 함께 탈출하는 버틀러 소설의 주인공을 닮았다. 버틀러의 연인들이 기구(氣球)를 타고 극적으로 탈출에 성공한 반면, 웰스의 시간 여행자는 우리가 알듯 위나를 잃는다. 『타임머신』에서 끔찍한 장면이 한둘이 아니지만 그중에서도 특히 놀라운 일은 되돌아온 시간 여행자가 손님들에게 여행담을 들려주기 전에 한마디 하는 부분이다. "그 양고기 좀 남겨 두게. 고기에 굶주렸어." 웰스는 먹이사슬에 집착했다. 후기 다윈주의 생물학자로서 웰스는 여기서 인간 생존 문제를 비판한 것이다. 웰스가 상상한 악몽 같은 미래의 몰록들은 식인 습성('옛 습성')으로 회귀한 상태이고 엘로이들은 그들의 식용 축우가 되어 있었다. 그런데 위나의 죽음 후에 자신의 시간대로 복귀한 시간 여행자의 양고기에 대한 식욕은 어울리지 않는 태도일 뿐만 아니라 무고한 유월절 엘로이[21]들을 먹어 치우는 포식자인 몰록들과 시간 여행자 자신이 다를 바 없음을 나타낸다.

인간이란 '교활한 포유류'에 다름 아니라는 생각을 한시도 떨치지 않았던 웰스는 『타임머신』에서의 번민 이후로 인간의 잔인성을 그의 전 작품에 줄기차게 투영했다. 그는 식사, 허기, 소식과 관련해 거식증에 가까운 집착을 내비쳤다. 여러 소설에서 그는 이것들을 피하기 위해 온갖 기발한 섭취 방법을 궁리해 냈다. 『타임머신』 이전에 쓴 에세이 「서기 백만 년의 인간(The Man of the Year Million)」에서 그는 인간이 욕조에서 헤엄치는 뇌수가 되어 어떤 화학 액제(液劑)로 영양을 공급받는 미래를 공상했다. 『우주 전쟁』에서 먹거리를 구하려는 주인공의 술책은 화성인들의 생명 유지 수단에 대한 대단히 복잡한 설명과 상호 감응한다. 이번에도 식인 포식자로 묘사된 화성인들은 몸통 없이 머리만 있으며, 자신들의 환상적인 전투 기계와 일체를 이룬다. 거대한 모기처럼 그들은 마치 엔진에 오일을 공급하듯 희생양의 피를 빨아들인다. 사냥하고 죽이고 육식하는 종(種) 차원의 오점으로부터 인간을 해방하려는 유토피아의 방편으로 대안을 궁리한 사람은 웰스뿐만이 아니었다. 에드워드 불워 리턴의 흥미로운 예언적 소설 『신종 인류(The Coming Race)』(1871)에 나오는 미래 사람들은 브릴(vril)이라는 물약 덕분에 극도의 진화 상태에 도달했다. 브릴은 액상 최면제이자 살인 광선이자 혈청이자 꿀이자 비아그라다. (1889년, 어떤 제조업자는 건강과 정력에 좋은, 브릴에 못지않은 신비한 효능을 소비자에게 제공하는 제품에 '보스(bos: 황소를 뜻하는 라틴어)' 와 '브릴' 을 합성하여 '보브릴(Bovril)' 이란 이름을 붙였다!)[22]

활기찬 것과 무기력한 것을 등가에 놓은 웰스의 이런 경향은 음식 섭취 문제에 국한되지 않는다. 『생명의 과학』은 '인체는 하나의 기계다' 라는 야심 찬 제목의 장으로 시작하는데, 거기서 그는 이렇게 단언한다. "휘발유 자동차나 불은 인체와 똑같다. 양쪽 다 연료 이외에도 공기가 공급되어야 한다. …… 생명체는 에너지 출력에 관한 한 정말 연소 엔진과 똑같다. …… 사실 평범한 사람의 기본 일상은 기계 공정에 다름 아니다." 웰스가 스스로를 납득시키려는 이런 종류의 구구절절한 은유에는 어떤 고집스러움이 있다. 그것은 몰록이 그런 방향으로 진화한 것은 지극히 당연한 일이라고 시간 여행자가 스스로를 설득하는 것과 비슷하다. 소설들 속에서 화자가 불러일으키는 훌륭한 긴장감의 상당 부분은 자신의 극단적인 과학적 시각과 묵시록적 절망 사이를 오락가락하는 웰스의 동요에서 비롯된다. 웰스는 자신의 주인공들을 통해 빤히 보이는 멸망의 운명을 비켜 갈 다른 길로 애써 나아가지만 결국 정직하게 되돌아와서 희망을 품을 근거라곤 하나도 없음을 인정하고 만다. 도깨비가 나오는 옛날이야기나 연쇄 살인마들을 다룬 발라드와 같이 웰스의 일부 미래상은 최악의 상황을 막기 위해 그러한 상황을 일부러 꾸며낸 이야기 범주에 속한다. 윤리의 필요성을 고집한 헉슬리가 웰스의 상상적 기교를 고무시켰음은 물론이다.

이런 비관주의에 뚜렷한 상징을 부여하는 것은 식육(食肉)이다. 식육은 '시뻘건 이빨과 발톱을 한 자연'[23] 혹은 '작동 중인 진화'를 의미한다. 대조적으로 자기(瓷器)는 그 정체성의 대척점에 있으며, 사회와 문화, 심지어 윤리의 존재 가능성을 보여 주는 이미지다. 그러나 이것들은 자기와 마찬가지로 깨지기 쉽고, 희미한 꿈을 제시할 뿐이다. 이와 유사하게 버들 무늬 접시는 머나먼 중국의 비현실적인 상(像)을 나타낸다. 엘로이들은 '드레스덴 도자기 같은 미모'를 가지고 있고, 시간 여행자와 위나는 우연히 청자기 궁전으로 들어간다. 사우스 켄싱턴 박물관의 폐허인 그 궁전에서 "책의 썩은 잔해"가 지식과 문학의 덧없음을 조용히 웅변하고 있다. 거기서 시간 여행자는 어떤 성냥을 발견하는데, 그는 우리 문명의 폐허에서 불을 훔치는 미래의 프로메테우스다.

지하에서 노동하고 눈멀고 허약하고 그러나 엄청나게 강한, 짐승 같은 몰록들의 비극적 상황은, 빅토리아 시대 개혁가들의 소책자(노동자 대중에 대해 쓴 엥겔스, 찰스 디킨스의 주장)에 나오는 피압박자들을 선명하게, 그리고 꺼림칙하게 연상시킨다. 반면 많은 이들이 지적했듯 유약하고 향락적인 엘로이들은 부패한 귀족 사회를 나타낸다. 드레스덴 도자기의 이미지는 양 치는 여자 역을 맡은 마리 앙투아네트를 떠올린다. 이전에 내놓은 혁명에 관한 시간 여행 소설에서는 지하 세계 노동자들이 지상 세계 압제자들에 대항해 봉기하고, 또 다른 소설에서는 압제자들이 최면술로 지배한다. 둘 다 얼마간 마르크스주의적 줄거리다. 그러나 결국 웰스는 이런 식의 선전과 선동을 포기하고 자신의 진정한 관심 분야인 과학을 추구하면서 장구한 시각을 견지한다. 그 궁극적인 결과는 일신(一新)이 아닌 멸망이었다.

그의 어두운 미래상은 그 어떤 고무적인 계급투쟁 이야기보다도 훨씬 강렬하게 독자들을 사로잡았다. 그럼에도 웰스는 '밝음'을 좋아해서 자신의 소설에 햇빛을 가득 채웠고, 때로는 믿기지 않는 어떤 장치를 통해 가닿을 수 있는 천국을 상상하기도 했다. 그러나 그것을 찾아내기란 안타까울 정도로 어렵다. 그의 유명한 소설들 중에서 감성적이고 꿈결 같은 단편 「벽 문(The Door in the Wall)」에서 주인공 월러스는 어떤 녹색 문 저편에 있는 밝은 여름 쉼터를 어렸을 때 한 번 발견한다. "그 동산에는 어떤 이유에선지 모든 색채들이 깨끗하고 완전하고 미묘하게 빛나고 있었다. …… 거기서는 모든 게 아름다웠다." 하지만 월러스는 그곳을 다시는 발견하지 못한다. 웰스의 철저한 진보적 과학 낙관론은 모든 게 아름다워 보이는 미래를 일별하지만, 절망적인 숙명론과 상실감에 부딪히고 만다. 이 충돌은 그 자신의 내면에서, 그리고 그의 문학적 비전에서 공히 일어난다. 그의 작품에서 눈부신 빛은 종종 세계를 파괴하는 화염이 되곤 한다. 『타임머신』에서 미래의 햇빛 밝은 풀밭을 불태우는 것은 화염이고, 이후 삼천만 년 뒤 장엄한 묵시록적 세계에서는 "거대하고 시뻘건 태양의 구체"가 사멸하고, 시간 여행자는 매서운 추위를 동반한 암흑천지로 변한 그 세계를 목격한다. 이 소설의 활력과 전개 속도에 힘입어 소설 속의 거칠고 굳건한 시간 여행자는 온갖 종류의 주제와 주장을 그지없이 훌륭한 이야기 솜씨로 펼쳐 보인다. 그리고 문 저편의 빛나는 세계를 한 번 본 뒤로 그 문을 다시 찾아 나섰지만 영영 찾을 길 없어 슬픔에 잠긴 사람은 웰스 자신에 다름 아님을 보여 준다.

타임머신

The Time Machine

1

시간 여행자(편의상 이렇게 부르겠다.)는 난해한 문제를 우리에게 설명하고 있었다. 그의 회색 눈은 반짝반짝 빛나고 평소의 창백한 얼굴은 불그스레 생기가 넘쳤다. 난롯불이 환하게 타고 있었고, 샹들리에의 은백색 백합 갓을 쓴 백열등들의 부드러운 광채가 우리의 유리잔 속에서 떠올랐다 스러지는 기포까지 비추고 있었다. 우리가 앉은 의자들은 그의 특허품으로 그저 앉힌다기보다는 포근히 품어 어루만져 주는 의자였다. 생각이 사고의 틀에서 풀려나 우아하게 떠돌아다니는 그런 호사스러운 식후 분위기였다. 그런 분위기에서 그는 야윈 집게손가락으로 요점을 강조하며 설명했고, 우리는 이 새로운 패러독스에 대한 그의 열성과 풍부한 상상력에 느긋하게 감탄하며 앉아 있었다.

"찬찬히 잘 들어보게. 이제부터 보편적으로 받아들여지는 개념 한둘을 논박하겠네. 가령 자네들이 학교에서 배운 기하학은 그릇된 개념에 근거하고 있네."

"시작치곤 좀 거창한 거 아닌가?"

따지기 좋아하는 빨간 머리의 필비가 말했다.

"타당한 근거 없이 내 말을 믿으란 소린 아니야. 자네들도 곧 내 의견을 인정하게 될 거야. 수학의 선, 즉 폭이 없는 선은 실재하지 않는다는 사실을 다들 알고 있겠지. 학교에서 그렇게 배웠지? 수학의 평면도 마찬가지야. 그것들은 추상에 불과해."

"그건 그래."

심리학자가 말했다.

"가로, 세로, 높이만 가지는 정육면체도 역시 실재하지 않네."

"난 반대네. 고체는 당연히 존재해. 실물들은 모두……."

필비가 말했다.

"다들 그렇게 생각하지. 하지만 잠깐 기다리게. 동시적인 정육면체가 존재하겠나?"

"무슨 말인지 모르겠어."

필비가 말했다.

"한순간도 지속하지 않는 정육면체가 실재하느냔 말이지."

필비가 좀 생각해 보다가, "물론이지." 하자 시간 여행자가 계속했다.

"모든 실물은 네 방향으로 뻗어 있네. 가로, 세로, 높이, 그리고 지속되는 성질을 가지고 있지. 하지만 우리는 (곧 설명하겠지만) 어떤 타고난 육체적 결함 탓에 이 점을 간과하기 쉽네. 분명 네 개의 차원이 있어. 세 개 차원은 공간의 세 변을 일컫고, 네 번째 것은 시간이지. 그런데 우리는 전자의 삼차원과 후자 사이에 비현실적인 선을 긋는 경향이 있어. 왜냐하면 우리의 의식이 태어나서 죽을 때까지 우연히 시간을 따라 한 방향으로 단속적으로 움직이기 때문이지."

"그건……." 하고 아주 젊은 남자가 불쑥 램프 불에 담뱃불을 어렵사리 다시 붙이며 말했다.

"그건…… 아주 명백합니다."

"이 점이 그렇게 널리 간과되었다는 사실이 정말 놀랍네." 하고 시간 여행자가 활기를 좀 돋우며 말을 이었다.

"네 번째 차원의 진정한 의미는 그렇지. 네 번째 차원을 얘기하면서도 그 의미를 모르는 사람들이 있네. 네 번째 차원은 시간을 보는 다른 관점에 불과해. 공간 삼차원의 어느 한 차원과 시간 사이에는 아무런 차이점이 없어. 우리 의식이 시간을 따라 움직인다는 점만 제외하면 말이지. 하지만 일부 어리석은 사람들은 그 개념을 잘못 이해하고 있네. 네 번째 차원에 대해 그들이 무어라 하는지 다들 들어봤을 테지?"

"못 들어봤는데."

지방 시장이 말했다.

"간단히 말하면 이렇다네. 우리네 수학자들이 설명하듯 공간은 세 개의 차원을 가진다고 알려져 있는데 누군가는 그것을 가로, 세로, 높이라고 부르지. 서로 직각으로 만나는 세 개의 축으로 언제나 설명할 수 있는 게 공간이지. 그런데 철학 성향을 띤 일부 인물들은 왜 삼차원으로 한정하느냐, 그 삼차원과 직각으로 만나는 다른 축이 없으란 법이 있느냐며 의문을 품고서 심지어는 사차원 기하학을 개척하고 있네. 사이먼 뉴컴[1] 교수는 불과 한 달 전에 뉴욕 수학 협회에 그것을 상술했지. 우리는 이차원뿐인 평면에 어떻게 삼차원 물체의 생김새를 표현하는지 알고 있는데 그들은 그 비슷하게 사차원을 삼차원 모형으로 표현할 수 있다고 생각하네. (사차원 투시 도법을 터득할 수만 있다면 말이지.) 알겠나?"

"알 것 같군."

지방 시장은 눈썹을 찌푸리며 사색에 빠져들었다. 주문을 외듯 그의 입이 움직거렸다. 잠시 뒤 그가 말했다.

"아하, 이제 알겠어."

일순 밝은 표정을 띠었다.

"얼마 전부터 내가 그 사차원 기하학을 연구하고 있음을 굳이 숨기진 않겠네. 연구 결과 중 일부는 기묘하네. 가령 여기 어떤 사람의 여덟 살 때하고 열다섯 살 때하고 열일곱 살 때하고 스물세 살 때 등의 초상화가 있다고 치세. 그것들은 모두 그 사람의 단면임에 분명하지. 고정불변인 그의 사차원 존재의 삼차원적 표현이지."

시간 여행자는 자신의 말이 소화되기를 기다렸다가 말을 이었다.

"과학 하는 사람들은 시간이 공간의 일종에 지나지 않음을 잘 알고 있네. 여기, 널리 알려진 과학적 도표인 일기도(日氣圖)가 있네. 내가 손가락으로 따라가는 이 선은 기압계 움직임을 나타내고 있지. 어제 매우 높았다가 어젯밤에 떨어졌고, 오늘 아침 다시 올라 아주 천천히 여기까지 올라갔어. 분명 수은주는 일반적으로 인정되는 공간의 어느 차원에서도 이런 선을 그리지는 않지? 그런데 수은주는 확실히 이런 선을 그렸다네. 따라서 우리는 이 선이 시간 차원을 따라 움직였다고 결론지을 수밖에 없어."

"하지만……." 하고 의사가 난롯불 속 석탄 덩이를 쏘아보며 말했다.

"시간이 정말로 공간의 네 번째 차원에 불과하다면 어째서 그것은 무언가 다른 것으로 간주되는 걸까, 또 그렇게 늘 간주되어 온 걸까? 그리고 어째서 우리는 공간의 여느 차원을 누비듯 시간 속을 돌아다닐 수 없는 걸까?"

그러자 시간 여행자가 빙긋 웃었다.

"우리가 공간을 자유롭게 누비는 건 확실한가? 좌우로 이동할 수 있고 전후로도 자유롭지. 인간은 늘 그렇게 움직여 왔네. 이차원에서 마음대로 움직일 수 있음은 나도 인정하네. 하지만 상하로는 어떤가? 중력이 우리를 구속하네."

"꼭 그렇지는 않네. 기구(氣球)가 있으니까."

의사가 말했다.

"하지만 기구가 없었을 때는 껑충 뛰어오르거나 지면의 요철을 오르내릴 때를 제외하면 인간의 상하 운동은 자유롭지 못했어."

"그래도 조금은 오르내릴 수 있었겠지."

의사가 말했다.

"오르기보다 내려오기가 쉽지, 훨씬 쉽지."

"우리는 시간 속을 돌아다닐 수 없네. 현재 시점으로부터 벗어날 도리가 없어."

"친애하는 의사 선생, 바로 그 점이 틀렸네. 온 세상이 그걸 잘못 알고 있어. 우리는 항상 현재 시점으로부터 벗어나고 있네. 비물질적이고 차원을 가지지 않는 우리 정신 존재는 요람에서 무덤까지 시간 차원을 따라 등속(等速)으로 움직이고 있네. 우리의 존재가 지상 80킬로미터 지점에서 시작한다고 했을 때의 그 하강하는 것과 마찬가지지."

"하지만 무척 어려운 문제야. 우리는 공간의 모든 방향으로 움직일 수 있지만 시간 속을 돌아다닐 순 없어."

심리학자가 한마디 했다.

"그게 내 대발견의 계기가 됐네. 하지만 시간 속을 돌아다닐 수 없다는 말은 틀렸네. 가령 내가 어떤 일을 아주 선명하게 떠올린다면 나는 그 일이 발생한 시점으로 돌아가는 게 되네. 이른바 방심 상태가 되지. 한순간 과거로 돌아간 셈이야. 물론 과거에 한순간 이상 머무를 수는 없네. 야만인이나 동물이 지상 2미터 지점에 멈춰 있을 수 없는 것과 마찬가지지. 하지만 문명인은 그 점에서 한 수 위지. 기구를 타고 중력을 거슬러 오를 수 있고, 궁극적으로 시간 차원을 따라 이동하다가 정지하거나 가속하거나 심지어는 방향을 돌려 다른 길로 갈 수도 있다는 희망쯤은 품을 수 있으니."

"하, 그건 전부……."

필비가 말하는데 시간 여행자가 끊었다.

"왜 안 되나?"

"이치에 어긋나지."

"무슨 이치?"

"자네는 흑을 백이라 논증할 순 있지만 결코 나를 믿게 하지는 못하네."

"그럴지도 모르지. 하지만 이제 자네들은 사차원 기하학을 연구하는 내 목적이 무엇인지 어렴풋이 감이 잡힐 걸세. 오래전에 나는 어떤 기계를 막연히 착안했는데……."

"시간을 여행하는 기계죠?"

아주 젊은 남자가 외쳤다.

"그 기계는 운전자의 의향에 따라 공간과 시간의 모든 방향으로 여행할 수 있어."

필비가 마음껏 웃어젖혔다.

"난 실험적 검증물을 가지고 있네."

시간 여행자가 말하자 심리학자가 대꾸했다.

"역사가들한테 엄청 편리하겠구먼. 과거로 돌아가서 가령 헤이스팅스 전투[2]에 대한 기존 기술을 확인해 보면 되겠네!"

"그러면 이목을 끌 거 같은데? 우리 조상들은 시대착오[3]에 그다지 관대하지 않았으니까."

의사가 말했다.

"호메로스나 플라톤에게서 직접 그리스어를 배울 수도 있겠군요."

아주 젊은 남자가 말했다.

"그랬다간 학위 취득 일차 시험에 낙제할 거야. 독일 학자들이 그리스어를 많이 향상시켜서 지금은 꽤 달라졌거든."

"그럼 미래는 어때요?"

새파랗게 젊은 남자가 말했다.

"생각해 보세요! 가진 돈 전부를 투자해서 이자가 불어나도록 놔두고선 미래로 부리나케 떠나는 거죠!"

"가서 완전한 공산주의 원칙에 기반한 사회를 발견하는 거지."

내가 말했다.

"무모하고 터무니없는 이론에 근거한 사회를 말이지!"

심리학자가 말했다.

"그래, 내가 보기에도 그럴 것 같네. 그래서 지금껏 말하지 않았지. 실제로……."

"실험적 검증을 해보려고? 실제로 확인해 볼 참인가?"

"실험이라니!"

필비가 소리쳤다. 머릿속이 혼란해진 모양이었다.

"어쨌든 자네의 실험을 한번 보자고. 어차피 속임수겠지만."

심리학자가 말했다.

시간 여행자는 빙긋 웃으며 우리를 둘러보았다. 여전히 희미한 미소를 띤 채 바지 주머니에 두 손을 찔러 넣고 천천히 방을 나갔다. 긴 복도를 슬리퍼를 끌며 연구실 쪽으로 가는 그의 발소리가 들렸다.

심리학자가 우리를 둘러보았다.

"무얼 보여 주려는지 궁금하군."

"무슨 교묘한 속임수 같은 거겠지."

의사가 말했다.

이어 필비가 버슬렘에서 본 마술사 이야기를 꺼냈다. 하지만 서두를 마치기도 전에 시간 여행자가 돌아오는 바람에 필비의 일화는 빛을 못 보고 말았다.

시간 여행자가 한 손에 들고 있는 물건은 빛나는 어떤 금속 구조물로, 작은 탁상시계 크기에 아주 정교하게 만들어져 있었다. 그 안에 상아와 무슨 투명한 결정체가 들어 있었다. 이제 자세하고 분명하게 말하겠다. 왜냐하면 그의 설명을 받아들이지 않는다면 이 뒤에 일어난 일을 절대 이해할 수 없기 때문이다. 시간 여행자는 방 안에 흩어져 있던 작은 팔각형 테이블 중 하나를 불가로 끌어와 그 두 다리를 난로 앞 깔개 위에 올렸다. 그러고는 이 테이블에 그 기계장치를 올려놓고 의자 하나를 끌어와 앉았다. 테이블 위의 다른 물체라곤 갓을 쓴 작은 램프가 유일했다. 램프의 밝은 빛이 기계 모형을 비추었다. 그리고 방 안에 여남은 개의 초가 있었는데, 두 개는 맨틀피스 위 놋쇠 촛대에 꽂혀 있었고 나머지는 벽의 돌출 촛대에 꽂혀 있어서 방 안은 휘황하게 밝았다. 나는 불가에서 제일 가까운 나지막한 안락의자에 앉아 있었는데, 이 의자를 좀 끌어내어 시간 여행자와 벽난로의 거의 중간 지점에 자리를 잡았다. 필비는 시간 여행자 뒤에 앉아 어깨 너머로 들여다보았다. 의사와 지방 시장은 오른쪽에서 시간 여행자를 지켜보았고 심리학자는 왼쪽에서 보았다. 새파란 청년은 심리학자 뒤에 서 있었다. 우리는 모두 빈틈없이 경계하고 있었다. 제아무리 치밀하고 능란한 눈속임일지라도 이러한 상황에서는 도저히 우리를 속일 순 없었다.

시간 여행자가 우리를 쳐다보고는 기계장치에 눈을 돌렸다.

"어쩔 텐가?"

심리학자가 물었다.

시간 여행자는 양 팔꿈치를 테이블에 얹고 두 손을 기계 위에서 맞쥐며 말했다.

"이 작은 물건은 모형일 뿐이네. 내가 구상한, 시간을 여행하는 기계지. 한쪽으로 특이하게 비스듬하지? 그리고 이 봉(棒) 옆에 기묘하게 깜박이는 부분은 좀 비현실적으로 보이지?" 하고 그 부분을 손가락으로 가리켰다.

"그리고 여기 작은 흰 레버가 하나 있지. 여기도 하나 있고."

의사가 일어나서 그것을 들여다보았다.

"아름답게 만들었군."

"만드는 데 2년이 걸렸어."

시간 여행자가 대꾸했다. 우리가 모두 의사의 행동을 따라하고 나자 시간 여행자가 말했다.

"이제 내 말을 잘 듣게. 이 레버를 밀어젖히면 기계는 미래로 미끄러져 나가고 다른 레버를 움직이면 과거로 가지. 이 안장은 시간 여행자의 좌석이네. 이제 이 레버를 밀치면 기계가 출발할 거네. 미래 시간으로 접어들면서 모양이 희미해지다가 사라질 걸세. 이 기계를 잘 보게. 테이블도 눈여겨 보게. 그래서 속임수가 아님을 직접 확인하게. 이 모형을 잃고 사기꾼이란 말까지 듣긴 싫네."

잠시 침묵이 이어졌다. 심리학자가 나한테 무슨 말을 하려다가 그만두었다. 이어 시간 여행자가 레버 쪽으로 손가락을 내밀었다.

"아냐."

시간 여행자가 불쑥 말하곤, "자네 손을 빌리세." 하고 심리학자에게 몸을 돌려 그의 손을 잡고서 집게손가락을 내밀라고 말했다. 결국 타임머신 모형을 무한한 항행(航行)으로 떠나보낸 것은 심리학자 자신이었다. 레버가 젖혀지는 것을 우리 모두는 보았다. 속임수가 아니었음을 나는 절대 확신한다. 한 줄기 바람이 불면서 램프 불꽃이 일렁거렸다. 맨틀피스 위 촛불 하나가 꺼지고, 그 작은 기계가 갑자기 회전했다. 흐릿해진 그것은 일순 유령처럼 보였다. 희미하게 반짝이는 놋쇠와 상아의 어떤 소용돌이처럼 보였다. 그리고 사라졌다. 없어졌다! 테이블 위에는 램프만 휑뎅그렁했다.

잠시 동안 모두들 말이 없었다. 이윽고 필비가 미치겠다고 했다.

망연자실에서 벗어난 심리학자가 갑자기 테이블 밑을 살폈다. 그것을 보고 시간 여행자가 유쾌하게 웃었다.

"어쩔 텐가?"

시간 여행자가 심리학자를 흉내 내서 말했다. 그러곤 일어나서 맨틀피스 위 담배 항아리로 가서 우리를 등지고 파이프를 채우기 시작했다.

우리는 서로를 쳐다보았다. 의사가 말했다.

"여보게, 자네 지금 진심인가? 정말 그 기계가 시간 속으로 떠났다고 믿는 겐가?"

"물론이지."

시간 여행자가 허리를 굽혀 난롯불을 불쏘시개에 옮겨 붙이며 말했다. 그러곤 파이프에 불을 붙이며 돌아서서 심리학자의 얼굴을 바라보았다. (심리학자는 자신의 머리가 혼란스럽지 않음을 보이기 위해 시가를 집어 그 끝을 자르지 않고 불을 붙이려 했다.)

"게다가 거의 완성된 큰 기계가 저기에 있네." 하고 시간 여행자가 연구실 쪽을 가리켰다.

"그게 완성되면 직접 여행을 해볼 작정이네."

"자넨 그 기계가 미래로 갔다고 보나?"

필비가 물었다.

"미랜지 과건지는 나도 모르겠어."

사이를 두고 심리학자가 무슨 생각을 떠올린 모양이었다.

"그게 어딘가로 갔다면 과거로 간 게 틀림없어."

"왜?"

시간 여행자가 물었다.

"왜냐하면 그게 공간에서 움직일 리는 없으니까. 미래로 갔다면 지금껏 여기에 있어야 정상이지. 그게 지금까지 항행하고 있을 테니까."

그 말을 내가 받았다.

"하지만 그게 과거로 갔다면 우리가 이 방에 들어섰을 때

보였겠지. 우리가 여기에 있은 지난 목요일에도, 지지난 목요일에도, 그전에도 보였겠지!"

"만만찮은 반론들이군."

지방 시장이 시간 여행자에게로 몸을 틀며 공평하게 말했다.

"전혀 그렇지 않네."

시간 여행자는 심리학자에게 말했다.

"생각해 보게. 자네라면 설명할 수 있을 거야. 식역(識閾)[4]에 못 미치는 표상(表象)[5], 즉 희석된 표상이지."

"물론 그렇지."

심리학자가 설명했다.

"심리학의 쉬운 문제지. 왜 그 생각을 못 했을까. 간단한 문제야. 그 역설을 기꺼이 풀 수 있네. 우리가 그 기계를 보지도, 식별하지도 못하는 건 당연해. 회전하는 바큇살이나 공기 속을 날아가는 총알을 우리가 보지 못하는 것과 마찬가지지. 그것이 우리보다 50배나 100배 빠르게 시간을 항행한다면, 우리가 1초를 보내는 동안 1분을 보낸다면 그것이 주는 인상은 당연히 시간을 항행하지 않을 경우에 주는 인상의 50분의 1이나 100분의 1에 지나지 않게 되지. 아주 간단한 문제야."

심리학자는 모형 기계가 있던 공간을 손으로 잘라 보였다.

"알겠나?" 하고 심리학자가 껄껄 웃었다.

우리는 휑뎅그렁한 테이블 위를 잠시 응시하고 있었다. 이윽고 시간 여행자가 우리한테 어떻게 생각하느냐고 물었다. 의사가 대답했다.

"오늘 밤은 정말 그럴듯해. 하지만 내일을 기다리자고. 상식이 밝아올 아침을 기다리자고."

"타임머신 실물을 구경할 텐가?" 하고 묻고서 시간 여행자는 그 즉시 램프를 들고 앞장서서 외풍 드는 긴 복도를 걸어 연구실로 갔다. 깜박이는 불빛과 그의 기묘하고 큼직한 머리의 실루엣, 그리고 춤추는 그림자들이 지금도 생생하다. 우리 모두는 혼란스러운 와중에도 의심을 풀지 않고 그를 따라갔다. 우리 눈앞에서 사라진 그 작은 기계의 실물이 연구실 안에 있었다. 일부는 니켈, 일부는 상아, 일부는 수정을 연마하고 절단해 만든 것이었다. 거의 완성된 장치였으나 다듬지 않은 울퉁불퉁한 결정 봉들이 벤치 위에 놓여 있고 그 옆에 어떤 스케치한 종이들이 있었다. 봉 하나를 집어 들어 자세히 보았다. 석영 같았다. 의사가 말했다.

"이보게. 자네 정말 진심인가? 혹 지난 크리스마스 때 우리한테 보여 준 그 허깨비 같은 속임수 아닌가?"

이에 시간 여행자가 램프를 높이 들고 대답했다.

"이 기계를 타고 시간을 탐험할 참이네. 간단하지? 내 인생에서 이처럼 진심이었던 적은 한번도 없었네."

그 말을 어떻게 받아들여야 할지 우리는 막막했다.

의사의 어깨 너머로 필비와 눈이 마주치자 필비가 심각한 표정으로 내게 눈을 찡긋했다.

2

 당시 우리 중에 타임머신을 정말로 믿은 사람은 없었으리라. 사실을 말하면 시간 여행자는 너무 영리해서 믿기 힘든 그런 부류에 속했다. 그를 속속들이 안다고 자부하는 사람은 없었다. 숨김없이 털어놓는 그의 이면에는 어떤 교묘한 은폐나 영리한 계산이 도사리고 있다고 늘 의심받았다. 만일 필비가 그 모형을 보여 주면서 시간 여행자의 말을 빌려 그 문제를 설명했더라면 우리가 그렇게 심하게 의심하지는 않았으리라. 필비의 의도를 우리가 모르지는 않았을 테니까. 돼지고기 정육점 주인이라도 필비의 말뜻을 알아들었으리라. 하지만 시간 여행자는 즉흥적인 면이 다분해서 우리는 그를 불신했다. 어중간하게 영리한 사람이 했더라면 명성을 얻었을 것도 그가 하면 속임수처럼 비쳤다. 일을 너무 쉽게 처리하면 오해를 사기 마련이다. 그의 말을 진지하게 받아들이는 진지한 사람들도 그의 행위를 정말로 믿는 건 아니었다. 자칫 그를 믿었다간 자신들의 평판과 판단력에 금이 갈지도 모른다는 생각을 그들은 어느 정도 하고 있었다. 그것은 아이들 방에 깨지기 쉬운 도자기를 놔둘 수 없다는 분별과 비슷했다. 따라서 우리들 중 누군가가 그날 밤부터 다음 주 목요일 사이에 시간 여행에 관해 그다지 많은 얘기들을 했을 것 같지는 않다. 그럼에도 시간 여행이 혹 가능할지도 모른다는 희망과, 그럴듯하지 않느냐는 인정과, 현실적으로 믿기 어렵다는 불신과, 연대가 오기됐을 수도 있다는 호기심과, 그것이 야기할지도 모르는 대혼란의 우려가 우리들 대개의 가슴속에서 분명 뛰놀았으리라. 나는 그 모형의 술책에 유난히 정신이 팔렸다. 금요일에 그 의사를 린네 협회[6]에서 만나 토의했던 게 기억난다. 의사는 그 비슷한 것을 튀빙겐[7]에서 보았다면서 촛불 하나가 바람에 꺼진 것에 유의하라고 강조했다. 하지만 어떤 술책이었는지는 그로서도 밝히지 못했다.

다음 주 목요일 나는 다시 리치먼드로 갔다. 나만큼 꾸준하게 시간 여행자의 집을 방문한 사람도 드물 것이다. 늦게 도착해서 보니 그의 응접실에 벌써 네다섯 남자가 모여 있었다. 예의 의사는 불가에 서서 한 손에는 종이 한 장을, 다른 손에는 회중시계를 들고 있었다. 나는 시간 여행자를 찾아 방 안을 둘러보았다. 그때 의사가 말했다.

"지금 7시 반이네. 식사를 하는 게 좋지 않을까?"

"○○○는 어디 있나?"

나는 집주인 이름을 입에 올려 물었다.

"방금 왔나? 좀 이상해. 그 친구 어디에 꼼짝없이 붙들려 있는 모양이야. 내게 이 쪽지를 남겼는데 자신이 7시까지 돌아오지 않으면 먼저 식사를 하라네. 자세한 설명은 돌아와서 한다고."

"이래 가지고서야 어디 식욕이 나겠나?"

모 유명 일간지 편집자가 말했다. 지체 없이 의사가 벨을 울렸다.

지난번 정찬에 참여했던 사람이라곤 의사와 나를 빼면 심리학자가 유일했다. 나머지 사람들은 방금 언급한 편집자 블랭크와 어떤 보도 기자가 있었다. 조용하고 수줍음 타는 수염 기른 어느 남자도 있었는데, 내가 모르는 사람이었다. 내가 관찰하기론 그 남자는 저녁 내내 한마디도 하지 않았다. 시간 여행자의 부재를 두고 식사 자리에서 구구한 억측이 오갔다. 시간 여행을 하고 있을지도 모른다고 내가 농담 삼아 말했다. 편집자가 무슨 소리냐고 묻자 심리학자가 자진해서, 지난주 우리가 목격한 '교묘한 역설과 술책'을 따분하게 설명해 나갔다. 한창 설명하고 있는데 복도 쪽 문이 천천히 열렸다. 문을 마주하고 있던 내가 먼저 알아채고는, "어어! 드디어 오는구먼!" 하는데 문이 조금 더 열리면서 시간 여행자가 모습을 드러냈다. 내가 앗 하고 소리쳤다. 나 다음으로 그를 본 의사가 외쳤다.

"맙소사! 여보게, 무슨 일인가?"

그리고 식탁에 있던 모든 이들이 문 쪽을 돌아보았다.

시간 여행자는 굉장히 처참한 몰골을 하고 있었다. 외투는 먼지투성이에 더러웠고 소맷자락은 녹색으로 더럽혀져 있었다. 머리칼은 헝클어지고 허옇게 센 것 같았다. 흙먼지를 뒤집어쓴 탓이거나 실제로 변색됐을 수도 있었다. 얼굴은 유령처럼 허옇고 턱에는 갈색의 벤 상처가 아물고 있었다. 얼굴은 무지막지한 고생이라도 한 것처럼 수척하고 찡그린 채였다. 빛이 눈부시기라도 한 듯 그는 문간에서 잠깐 머뭇거렸다. 그러곤 방 안으로 들어왔다. 발이 아픈 사람처럼 절뚝절뚝 걸었다. 우리는 말없이 바라보며 그가 입을 열기를 기다렸다.

시간 여행자는 말 한마디 없이 힘겹게 테이블로 와서 와인 쪽을 손짓했다. 편집자가 샴페인을 한 잔 따라 그쪽으로 밀어주었다. 시간 여행자는 그것을 쭉 들이켜고는 기운이 좀 나는 모양인지 테이블을 둘러보며 평소의 미소를 희미하게 떠올렸다.

"여보게, 대체 뭘 하다 왔나?"

의사의 말이 귀에 들어오지 않는 듯했다.

"나한테 신경 쓰지 말게."

시간 여행자가 기이하게 더듬거리며 말했다.

"난 괜찮아."

그가 말을 멈추곤 잔을 내밀어 더 달라고 해서 단숨에 들이마셨다.

"좋군."

그의 눈빛이 밝아지고 뺨이 좀 불그레해졌다. 우리 얼굴을 쭉 훑어보며 희미하게 고개를 끄덕이고 나서 따뜻하고 편안한 방 안을 둘러보았다. 그러곤 다시 입을 열었다. 낱말들을 더듬어 찾듯 하는 말투였다.

"씻고 옷부터 갈아입어야겠네. 내려와서 자세히 말해 주지. 그 양고기 좀 남겨 두게. 고기에 굶주렸어." 하고 오랜만에 찾아온 손님인 편집자를 건너다보고 안부를 물었다. 편집자가 질문을 하려 하자 시간 여행자가 말했다.

"좀 이따 말해 주겠네. 기분이 좋질 않아. 곧 괜찮아질 거야."

그는 잔을 내려놓고 층계 쪽 문으로 걸어갔다. 다시 한번 그의 절뚝 걸음과 가볍게 쓸리는 발소리가 내 주의를 끌었다. 자리에서 일어난 나는 밖으로 나가는 그의 발을 보았다. 맨발에 피 묻은 누더기 양말만 신고 있었다. 그가 나가고 문이 닫혔다. 따라갈까도 생각했지만 자기 때문에 법석 떠는 걸 몹시 싫어하는 성미를 아는지라 그만두었다. 잠깐 나는 헛된 망상에 사로잡혔다.

"어느 저명한 과학자의 유별난 행동."

편집자의 말소리가 들렸다. 버릇대로 기사 제목을 뽑는 모양이었다. 나는 밝은 식탁으로 주의를 되돌렸다. 기자가 말했다.

"무슨 일입니까? 엉터리 구걸이라도 다니나 보죠? 통 모르겠군요."

나는 심리학자와 눈이 마주쳤다. 그의 얼굴을 보건대 나와 같은 의견인 모양이었다. 나는 절뚝절뚝 힘겹게 층계를 오르는 시간 여행자를 생각했다. 그의 절뚝 걸음을 눈치챈 사람은 나뿐인 듯했다.

이 놀라움으로부터 제일 먼저 정신을 차린 사람은 의사였다. 의사는 음식 데우는 기구를 가져오게 하려고 벨을 울렸다. 시간 여행자는 정찬 시에 하인이 옆에 있는 걸 싫어했기 때문이다. 이에 편집자는 투덜거리며 나이프와 포크에 주의를 돌렸고 말 없는 남자도 이를 따랐다. 식사가 재개되었다. 대화는 잠시 동안 감탄조 사이사이에 의아조가 끼어드는 형태였다. 이윽고 편집자가 호기심을 불태우며 물었다.

"우리 친구가 생계가 막막해서 도로 청소부 일이라도 다니나 보죠? 아니면 느부갓네살[8] 흉내를 내는 겁니까?"

"타임머신과 관계된 일일 게 분명해요." 하고 말하고 나는 지난주 모임에서 심리학자가 말한 설명을 입에 올렸다. 새 손님들은 불신의 표정을 숨기지 않았다. 편집자가 이의를 제기했다.

"그 시간 여행이란 건 뭡니까? 역설 속에서 뒹군다고 흙먼지를 묻혀 오나요?" 하다가 시간 여행이 무엇인지 알게 되자 풍자로 돌아섰다. 미래에는 먼지 터는 옷솔도 없단 말인가? 기자도 전혀 믿으려 하지 않고 편집자에 가세해 전체를 싸잡아 실컷 조롱하는 손쉬운 일에 착수했다. 두 사람은 모두 새로운 유형의 언론인이었다. 아주 발랄하고 버릇없는 청년들이었다.

"우리의 특별 통신원이 내일모레 보도하길……." 하고 기자가 말하고 있을 때, 아니 소리치고 있을 때 시간 여행자가 돌아왔다. 평범한 야회복을 차려입은 그에게는 나를 놀라게 했던 비참의 흔적이라곤 수척한 얼굴밖에 없었다.

편집자가 익살을 떨었다.

"여보게, 여기 있는 사람들이 말하길 자네가 다음 주 중반을 여행했다던데? 저 하찮은 로즈버리[9]에 대해 아는 대로 말해 주지 않겠나? 전부 얼마를 주면 되겠나?"

시간 여행자는 한마디도 않고 자기 자리로 가서 앉았다. 그러곤 야릇하게 빙긋 웃으며 말했다.

"내 양고기 어디 있나? 고기를 포크로 다시 찌르다니 이 얼마나 큰 기쁨인가!"

"얘기를!"

편집자가 소리쳤다.

"빌어먹을 얘기! 뭘 좀 먹어야겠어. 내 동맥에 펩톤[10]이 좀 들어가기 전까진 한마디도 않겠어. 고맙네. 소금도."

"한마디만. 시간 여행을 했었는가?"

내가 물었다.

"응."

시간 여행자가 음식을 한입 물고 고개를 끄덕였다.

"글 한 줄당 1실링 주겠네."

편집자가 말했다. 시간 여행자는 말 없는 남자[11] 쪽으로 잔을 내밀어 손톱으로 팅팅 울렸다. 그러자 시간 여행자를 쭉 지켜보고 있던 그 말 없는 남자가 흠칫 놀라며 와인을 따라주었다. 불편한 정찬이 이어졌다. 문득 어떤 질문이 떠올라 내 입에서 근질거렸다. 다른 사람들도 그랬으리라. 기자는 어색함을 풀려고 헤티 포터[12]의 일화를 꺼냈다. 시간 여행자는 식사에 집중하면서 비렁뱅이의 식욕을 선보였다. 의사는 담배를 피우며 미간을 모으고 시간 여행자를 지켜보았다. 말 없는 남자는 어느 때보다 불편해 보였다. 그는 초조감을 가누지 못하고 규칙적으로 결연하게 샴페인을 들이켰다. 마침내 시간 여행자가 접시를 밀어내고 우리를 둘러보았다.

"먼저 사과부터 해야겠군. 그지 배기 고팠어. 정말 놀랍기 그지없는 시간을 보내고 왔네." 하고 시가를 집어 그 끝을 잘랐다.

"하지만 흡연실로 가세. 기름투성이 접시들을 앞에 두고 얘기하기엔 너무 기네." 하고 내친김에 벨을 울리고는 옆방으로 앞장섰다.

"자네, 블랭크와 대시와 초즈[13]에게 타임머신 얘기를 했지?"

시간 여행자가 안락의자에 앉아 등을 기대며 새 손님 셋을 거명하며 나에게 말했다.

"그렇지만 한낱 역설에 지나지 않아."

편집자가 말했다.

"오늘 밤은 논쟁하고 싶지 않아. 그 얘기를 해주는 건 문제없지만 논쟁은 싫네. 원한다면 나한테 무슨 일이 벌어졌는지 자네들에게 말해 줌세. 하지만 말참견은 자제하게. 나도 그 얘길 간절히 하고 싶네. 얘기 대부분이 거짓말처럼 들릴 거야. 아무렴 어떤가! 한마디 한마디가 어김없이 사실이네. 나는 4시에 연구실에 있었네. 그때부터…… 여덟 날을 살았네. 일찍이 그 어느 인간도 살아본 적 없는 그런 나날을! 지금 아주 지쳤지만 이 얘기를 마치기 전까진 자지 않겠네. 마치고 잠자리에 들겠어. 그러니 말참견을 말게! 동의하나?"

"동의하네."

편집자가 말하자 나머지 우리가 이구동성으로 말했다.

"동의."

그제야 시간 여행자는 내가 다음 장(章) 이하에 기록한 것과 같은 얘기를 시작했다. 그는 처음엔 등받이에 기대앉아 지친 사람처럼 말을 하다가 나중엔 활기를 좀 찾았다. 그의 얘기를 써 내려가면서 나는 그 진가를 살리지 못하는 펜과

잉크의 한계, 무엇보다 내 능력의 한계를 절감할 뿐이다. 독자 여러분이 주의 깊게 읽는다 해도 작은 램프의 밝은 원광(圓光)에 잠긴 화자의 진지한 하얀 얼굴은 보지 못할 것이며 그 목소리 운율도 듣지 못할 것이다. 그리고 이야기 진행에 따라 시시각각 변하는 그 표정도 보지 못하리라! 흡연실에 촛불이 켜져 있지 않아 얘기를 듣는 우리들 대부분은 어둠에 잠겨 있었다. 기자의 얼굴과 말 없는 남자의 무릎 아래 다리만이 불빛에 드러났다. 처음엔 서로를 힐끗거리던 우리들은 이윽고 곁눈질을 중단하고 시간 여행자의 얼굴만 바라보았다.

3

 지난주 목요일, 나는 여러분 몇몇에게 타임머신의 원리를 설명하고 실험실에 있는 미완성 실물 기계를 보여 주었다. 그것은 여행으로 좀 낡은 상태가 되어 지금도 거기에 있다. 상앗대 하나에 금이 가고 놋쇠 가로대가 구부러졌지만 나머지 부분은 아직 튼튼하다. 금요일까지 완성을 보리라 기대했지만 금요일에 조립 작업을 거의 끝마칠 때쯤 니켈 봉 하나가 딱 1인치 짧은 것을 발견하고는 그것을 다시 만들었다. 그래서 오늘 아침에야 기계를 완성했다. 타임머신 1호가 첫발을 내디딘 것은 오늘 아침 10시였다. 나는 나사못을 다시 죄고 석영 봉에 기름 한 방울을 더 치고 나서 안장에 앉았다. 그때 내 기분은 골통에 총을 겨눈 자살자가 이제 무슨 일이 벌어질까 궁금해하는 경이감과 비슷했다. 나는 한 손에 시동 레버를, 다른 손엔 정지 레버를 쥔 채 시동 레버를 미는 것과

거의 동시에 정지 레버를 밀쳤다. 현기증이 일었다. 추락하는 악몽을 꾼 느낌과 비슷했다. 주위를 둘러보니 연구실은 이전과 똑같았다. 무슨 일이 있었나? 한순간 나는 두뇌의 착각을 의심했다. 문득 탁상시계에 눈이 갔다. 방금 전에는 10시 1, 2분쯤이었는데 지금은 거의 3시 30분을 가리키고 있었다!

나는 숨을 깊이 들이쉬고 이를 악물고 시동 레버를 두 손으로 쥔 채 쿵 소리와 함께 출발했다. 연구실이 흐려지고 어두워졌다. 워쳇 부인이 들어와서 나를 보지 못한 듯 정원으로 난 문을 향해 질러 걸었다. 부인이 그곳을 가로지르는 데 일 분쯤 걸렸겠지만, 내 눈엔 부인이 로켓처럼 날아가는 듯 보였다. 나는 레버를 극단까지 밀쳤다. 밤이 램프 스러지듯 찾아오고, 다음 순간 내일이 되었다. 연구실이 희미하고 흐릿해지고 더욱더 희미해졌다. 내일 밤이 돌아오고 다시 낮이 되었다. 다시 밤이 되고 낮이 되고, 그 진행이 점점 빨라졌다. 무슨 윙윙하는 소용돌이 소리가 내 귀에 들어차고 무음의 기이한 혼돈이 머릿속을 채웠다.

시간 여행의 그 특이한 느낌들을 제대로 전하지 못해 유감이다. 지독하게 불쾌한 느낌들이었다. 속수무책으로 곤두박질치는 롤러코스터를 탄 기분과 흡사했다! 그것을 탄 것처럼 곧 무엇과 충돌하고야 말리라는 어떤 무서운 예감이 들었다. 속력이 붙자, 검은 날개 퍼덕이듯 낮 다음에 밤이 찾아왔다. 연구실의 흐릿한 모습이 이제 사라진 듯 보였다. 태양이 재빠르게 하늘을 가로질렀다. 일 분에 한 번씩 가로질렀다. 일 분이 하루였다. 연구실이 파괴되고 내가 옥외로 나와 있는 것 같았다. 흐릿한 비계[14]를 본 듯했는데 움직이는 것을 지각하기엔 내 속력이 너무 빨랐다. 느리디느린 달팽이조차도 휙 지나갔다. 번쩍번쩍 교차하는 어둠과 빛이 내 눈에는 큰 고통이었다. 단절적인 어둠을 달이 부리나케 건너지르며 초승달에서 상현달, 보름달, 하현달로 모습을 바꾸어갔다. 그 하늘에 별이 빙빙 돌며 명멸했다. 이윽고 더욱 속도가 빨라지자 팔락팔락 바뀌던 밤과 낮이 하나의 연속적인 잿빛으로 녹아들었다. 하늘은 경이로운 암청색에 새벽 여명 같은 장려한 빛깔을 두르고 있었다. 휙휙 내달리는 태양은 허공에 떠 있는 하나의 불기둥이자 찬란한 아치였다. 달은 변화하는 조금 희미한 띠였다. 이따금 하늘에서 다소 밝게 깜박이는 원 모양을 제외하면 별은 전혀 보이지 않았다.

풍경은 뿌옇고 흐릿했다. 나는 이 집이 지금 서 있는 언덕 중턱에 아직도 있었다. 내 위의 언덕배기는 침침한 회색이었다. 나무숲은 마치 김이 피어오르듯 자라고 바뀌어갔다. 갈색인가 싶으면 녹색이었고, 자라고 뻗치고 흔들리다가 없어졌다. 거대한 건물들이 아름답게 일어섰다가 꿈처럼 스러졌다. 지표면 전체가 변하는 듯했다. 녹아서 흘러가는 듯했다. 속도를 나타내는 타임머신 문자반의 작은 바늘들이 갈수록

빠르게 돌았다. 머잖아 태양의 띠가 1분 만에 하지점과 동지점을 오르내렸다. 따라서 내 속도는 1분에 1년이었다. 매분마다 하얀 눈이 세상을 덮었다가 사라지고 밝은, 그러나 짧은 초록빛 봄이 이어졌다.

출발 당시의 불쾌한 감각들은 좀 수그러들어 이윽고 단일한 신경성 흥분으로 뭉뚱그려졌다. 타임머신이 불편하게 흔들리는 것을 알아챘지만 그 까닭은 알 수 없었다. 머릿속이 너무 혼란해 그것에 신경을 쓸 수 없었다. 그렇게 미쳐가는 상태로 나는 미래를 향해 돌진했다. 처음엔 그 낯선 감각들에 몰두하느라 정지할 생각도, 다른 아무 생각도 하지 못했다. 그러나 머지않아 일련의 새로운 감정(어떤 호기심과 그에 뒤따르는 어떤 공포심)이 솟아올라 결국에는 나를 완전히 잠식했다. 눈앞에서 물결치듯 내달리는 흐릿하고 불분명한 세상에 한발 다가서면 인류가 얼마나 낯설게 발전해 있을지, 우리의 원시적인 문명이 얼마나 훌륭하게 진보했을지 볼 수 있을 것 같았다! 내 주위에 거대하고 굉장한 건축물이 들어서는 게 보였다. 우리 시대의 어떤 건물보다도 우람했지만 미광(微光)과 안개로 이루어진 건물처럼 보였다. 짙은 녹색이 언덕 중턱을 덮어 올라 겨울에도 끄떡없이 남아 있었다. 정신이 혼란한 와중에도 대지는 아주 아름답게 보였다. 그제야 정지해야겠단 생각이 들었다.

나 자신이나 타임머신이 차지한 공간에 어떤 물질이 들어

찬 것을 뒤늦게 발견한다면 큰 낭패일 터였다. 내가 빠른 속도로 시간 속을 항행하는 한 그건 별문제가 아니었다. 내 몸은 말하자면 희박해져서 방해물의 틈새를 수증기처럼 빠져나가고 있었던 것이다! 그런데 멈추게 되면 내 자리에 놓여 있는 어떤 물체 속으로 내가 분자 대 분자 단위로 끼어들게 된다. 내 원자와 그 방해물의 원자가 밀접하게 결합해서 도저한 화학반응을 일으켜, 어쩌면 맹렬한 폭발을 일으켜 나 자신과 타임머신을 인지(人智)의 차원 밖으로, 미지로 날려버릴 수도 있었다. 타임머신을 만들면서 이런 가능성을 한두 번 생각한 게 아니었다. 하지만 당시엔 그것을 하나의 불가피한 위험으로, 남자라면 마땅히 무릅써야 할 하나의 위험으로 기꺼이 받아들이자고 생각했다! 이제 위험은 피할 수 없었다. 나는 이제 출발 전의 기꺼운 마음으로 그 위험을 생각할 수 없었다. 사실은 모든 게 낯설기만 하고, 타임머신이 삐걱거리고 흔들거려 속이 울렁거리고, 무엇보다 끝없이 추락하는 느낌 때문에 나는 나도 모르게 용기를 깡그리 잃어버린 것이었다. 나는 도저히 멈출 수가 없다고 혼잣말했다. 그러고는 불쑥 치미는 울화에 당장 멈추어야겠다고 결심했다. 바보처럼 조바심치며 레버를 힘껏 끌어당겼다. 기계가 제멋대로 휘청 엎어지며 나는 허공으로 내팽개쳐졌다.

  천둥이 쿠르릉 울렸다. 잠시 정신을 잃었던 모양이었다. 비정한 우박이 후두둑 떨어지고 있었다. 나는 뒤집힌 타임머신 앞의 부드러운 잔디에 앉아 있었다. 모든 게 아직 회색으로 보였지만 귀울림은 사라졌다. 주위를 둘러보았다. 내가 있는 곳은 진달래나무들에 에워싸인 어느 정원의 작은 잔디밭이었다. 소나기처럼 쏟아지는 우박에 진달래의 담자색과 자주색 꽃잎들이 떨어지고 있었다. 제멋대로 되튀는 비얼음이 타임머신을 구름처럼 덮었고 땅바닥을 연기처럼 몰아쳤다. 잠깐 만에 나는 흠뻑 젖었다.

"대접 한번 좋군. 무수한 세월을 건너뛰어 여기에 온 사람한테."

나는 혼자서 중얼거렸다.

이윽고 나는 바보처럼 젖어버린 내 자신을 탓하며 일어나 주위를 둘러보았다. 어떤 거대한 형체가, 하얀 돌로 조각한 게 분명한 어떤 조상이 뿌연 얼음비 사이로 진달래나무 저편에 있는 게 어렴풋이 보였다. 그 밖에는 아무것도 보이지 않았다.

형언할 수 없는 기분이었다. 우박 줄기가 약해지면서 하얀 조각상이 조금 뚜렷하게 드러났다. 자작나무가 그 어깨에 겨우 닿을 만큼 몹시 큰 조각상이었다. 흰 대리석 재질로, 날개 달린 스핑크스 비슷한 모양을 하고 있었다. 하지만 날개를 옆구리에 늘어뜨리지 않고 활짝 펼친 모양이 하늘을 나는 것처럼 보였다. 그 대좌(臺座)는 청동으로 보였는데 두꺼운 녹이 퍼렇게 슬어 있었다. 조각상의 얼굴이 나를 향하고 있었는데 맹목(盲目)의 눈이 나를 주시하는 듯했고, 입가에 희미한 미소가 걸려 있는 듯했다. 비바람에 몹시 삭은 그것은 어떤 더러운 질병에라도 걸려 있는 듯했다. 나는 그것을 보며 잠시 30초쯤, 혹은 30분쯤 서 있었다. 우박이 거세거나 성김에 따라 스핑크스가 다가왔다가 멀어지는 것처럼 보였다. 마침내 나는 그것에서 잠깐 시선을 거두어 우박의 장막이 점차 엷어지는 것을 보았다. 하늘이 밝아지고 해가 비칠 조짐이었다.

나는 웅크린 하얀 조각상을 다시 쳐다보았다. 불현듯 내 여행이 얼마나 무모한지를 깨달았다. 뿌연 장막이 완전히 걷히고 나면 과연 무엇이 나타날까? 그동안 사람들에게 무슨 일이 생겼을까? 잔인함이 일상다반사가 되었다면 어떡하지? 그간 인류가 사람다움을 잃고 어떤 비인간적인, 동정을 모르는, 턱없이 힘만 센 존재로 변했다면 어떡하지? 그들에게 나는 구세계 원시 동물로 보일지도 모른다. 서로 닮았기 때문에 더욱 두렵고 혐오스러운, 당장 격퇴해야 할 불결한 짐승으로 비칠지도 모른다.

다른 광대한 형체들이 눈에 들어왔다. 잦아드는 얼음비 저편으로 정교한 난간과 높은 기둥을 갖춘 거대한 건물들이 나타났고, 나무가 우거진 언덕 중턱이 어스레하게 내게 다가들었다. 공포에 사로잡힌 나는 미친 듯이 타임머신 쪽으로 돌아서서 기계를 일으켜 세우려 용을 썼다. 그러고 있는데 빛기둥이 먹구름 사이로 쏟아졌다. 회색 얼음비가 부리나케 물러나, 유령이 옷자락을 끌어가듯 사라졌다. 고개를 쳐드니 청명한 여름 하늘에 연갈색 구름 몇 조각이 굽이치며 사라졌다. 주위의 거대한 건물들이 말끔하고 또렷하게 서 있었다. 뇌우에 젖어 번들거리는 건물들은 돌림띠[15]들을 따라 쌓인 녹지 않은 비얼음들이 흰빛으로 돋보였다. 나는 낯선 세계에 벌거벗고 있는 기분이었다. 자신을 낚아챌 매의 기척을 등 위로 느끼면서 맑은 하늘을 나는 작은 새의 기분과 흡사했다. 두려움이 엄습했다. 나는 심호흡을 하고 이빨을 악물고 손과 무릎으로 다시 한번 타임머신에 맹렬히 달라붙었다. 내 필사적인 공격을 못 이기고 기계가 바로 세워졌다. 와중에 기계가 내 턱을 세게 쳤다. 한 손은 안장에, 다른 손은 레버에 얹고 곧 올라탈 자세로 서서 숨을 몰아쉬었다.

다시 언제라도 떠날 수 있다는 생각에 용기가 샘솟았다. 이제 이 먼 미래 세상을 호기심을 가지고 두려움을 가라앉히고 살펴보았다. 가까운 집 높은 담벼락에 난 원창(圓窓) 안에 화려하고 부드러운 옷을 입은 한 무리의 사람들이 보였다. 벌써 나를 발견한 그들이 나를 내려다보고 있었다.

목소리들이 다가오고 있었다. 흰 스핑크스 옆 덤불 속을 달려오는 남자들의 머리와 어깨가 보였다. 다른 한 명은, 타임머신과 내가 서 있는 작은 잔디밭으로 곧장 통하는 좁은 길에 나타났다. 그는 자그마한 사람으로 키는 1.2미터쯤 되었다. 자줏빛 튜닉[16]을 입고 허리에 가죽띠를 두르고 샌들[17]인지 버스킨[18]인지 불확실한 것을 신고 있었다. 무릎까지는 양말 없이 맨살을 드러내었고 머리는 맨머리였다. 그것을 보고서야 나는 공기가 얼마나 따뜻한지 깨달았다.

   그는 아주 아름답고 우아하지만 연약하기 이를 데 없는 사람 같았다. 그의 발그레한 얼굴은 우리들이 많이 들어본 폐결핵 환자의 아름답게 상기된 얼굴, 즉 소모열(消耗熱) 홍조를 연상시켰다. 그 모습을 보자 불쑥 용기가 나서 나는 타임머신에서 손을 뗐다.

4

　다음 순간 미래의 이 유약한 존재와 나는 서로를 마주 보았다. 그는 곧장 다가와서 내 눈을 쳐다보며 깔깔 웃었다. 나를 전혀 두려워하지 않는다는 것을 그 태도로 대번에 알았다. 그러고는 뒤따라온 다른 두 사람에게 돌아서서 아주 낯설고 보드랍고 해맑은 음색으로 말했다.
　다른 이들도 합류해서 머잖아 나는 여덟 명에서 열 명쯤 되는 이 우아하고 아름다운 사람들의 단출한 무리에 둘러싸여 있었다. 그중 한 명이 말을 걸어왔다. 문득 내 목소리가 너무 거칠고 굵게 들릴지도 모른다는 야릇한 생각이 스쳤다. 그래서 나는 고개를 젓고 나서 내 양쪽 귀를 가리키며 고개를 다시 저었다. 그자는 한 걸음 다가와서 망설이다가 내 손을 건드렸다. 뒤이어 등허리와 어깨에 다른 이들의 작고 보드라운 촉수가 와 닿았다. 내가 실물인지 확인하려는 모양이었다. 그들에게서 경계심이라곤 전혀 감지되지 않았다. 사실 이 어여쁜 소인(小人)들에겐 신뢰감을 불러일으키는 무언가가 있었다. 우아한 친절이랄까, 어린아이 같은 태평스러움이 깃들어 있었다. 게다가 아주 연약해 보여서 그들 여남은 명을 볼링 핀처럼 동댕이칠 수 있을 것 같았다. 그들의 작은 분홍빛 손이 타임머신을 건드리자 나는 그러지 말라고 돌연한 몸짓을 해 보였다. 여태껏 잊어온 위험을 다행히도 너무 늦지 않게 떠올린 나는 타임머신의 봉들 위로 손을 내뻗어, 그 기계를 작동하는 작은 레버들을 돌려 풀어내 호주머니에 넣었다. 그러고는 어떻게 하면 내 뜻을 전할 수 있을까 고심하며 되돌아섰다.

그들의 용모를 자세히 들여다보니 드레스덴[19] 도자기 같은 미모에는 어떤 특이한 점이 있었다. 한결같이 곱슬곱슬한 머리털은 목과 뺨을 겨우 덮을 정도로 짧았고 얼굴에는 털이 하나도 없었다. 귀는 유난히 작고, 입도 작고, 좀 얇은 선홍빛 입술에 좁은 턱 끝이 뾰족했다. 눈은 큼지막하고 온화했는데, 그 눈에는 (내가 너무 자기중심적인지는 모르겠지만) 내가 예상했던 호기심이 어려 있지 않는 것 같았다.

그저 나를 빙 둘러서서 빙긋 웃으며 보드라운 음색으로 저희들끼리 소곤거릴 뿐 말을 걸어오지 않자 내가 먼저 소통을 시도했다. 타임머신을 가리킨 다음 나 자신을 가리키고서 시간을 어떻게 표현해야 할지 몰라 잠깐 망설이다가 해를 가리켰다. 그러자 자주색과 흰색 체크무늬 옷을 입은 한 예쁘장한 소인이 대뜸 내 몸짓을 따라 하고는 천둥소리를 흉내 내어 나를 놀라게 했다.

그자의 몸짓의 의미를 똑똑히 알았지만 한순간 나는 얼떨떨했다. 불현듯 이 사람들은 바보인가 하는 의문이 들었다. 이 의문을 내가 어떻게 받아들였는지 여러분들은 모를 것이다. 802,000년경의 사람들이라면 학식이나 예술 등 모든 면에서 경이로울 정도로 우리를 앞서 있을 거라고 늘 생각했었다. 그런데 그중 한 명이 우리 시대 다섯 살짜리 아이의 지능 수준에 불과한 질문을 내게 불쑥 던진 것이다. 말하자면 내가 태양으로부터 천둥을 타고 내려왔느냐고 물었다! 그들의 옷이며 그 여리고 날씬한 팔다리며 섬세한 용모에 대해 내가 보류했던 판단이 맞아떨어진 순간이었다. 실망감이 물밀듯 밀려왔다. 순간 나는 타임머신을 만드느라 괜한 고생을 했구나 싶은 생각이 들었다.

나는 고개를 끄덕이고 해를 가리켜 보이고 천둥소리를 생생하게 흉내 내어 그들을 놀래주었다. 그들은 모두 한두 발짝 물러나서 절을 했다. 그런데 한 명이 깔깔 웃으며, 생전 처음 보는 아름다운 꽃들을 목걸이로 엮어 와서 내 목에 걸어주었다. 그러자 음악 같은 박수갈채가 쏟아졌다. 곧 그들은 이리저리 뛰어다니며 꽃을 꺾어 와서 깔깔 웃으며 나에게 던졌고 나는 꽃 때문에 숨이 막혀 죽을 뻔했다. 그 같은 것을 본 적 없는 여러분들은 무수한 햇수 동안 재배되어 온 그 꽃이 얼마나 곱고 아름다운지 상상조차 못 하리라. 그러다 누군가가 자신들의 장난감을 제일 가까운 건물 안에 전시하는 게 어떻겠느냐고 제안했고 그래서 나는 그들에게 이끌려 흰 대리석 스핑크스 옆을 지나 거대한 회색 돌림무늬 세공 석재 건물 쪽으로 갔다. 스핑크스가 시종 어리벙벙한 나를 지켜보며 미소를 짓고 있었던 듯했다. 그들과 함께 가면서 나는 한없이 진지하고 지적인 후손들을 기대한 나 자신이 우스워서 참을 수 없었다.

건물은 정문이 널찍했고 엄청난 규모였다. 자연스레 나는 불어나는 소인들의 무리와 내 앞에서 어둑하고 불가사의하게 입을 벌리고 있는 널찍한, 개방 출입구들에 관심이 갔다. 소인들의 머리 너머로 보이는 별세계의 대체적인 인상은 아름다운 관목림과 꽃들의 혼잡스러운 미개간지, 오랫동안 방치되었지만 잡초 없는 정원이었다. 높다란 이삭꼴 꽃차례[20]를 한 생소한 하얀 꽃들이 보였다. 매끄러운 꽃잎 양 끝 너비가 대략 30센티미터쯤 되었다. 꽃들은 잡색의 관목 사이에 마치 들꽃처럼 흩어져 자라고 있었다. 하지만 그때는 자세히 관찰하지 않았다. 타임머신은 진달래나무에 둘러싸인 잔디밭에 내버려 두었다.

입구의 아치는 화려하게 조각이 되어 있었다. 하지만 그 조각술을 눈여겨보지는 않았다. 그럼에도 그 밑을 지날 때

고대 페니키아 장식 같다는 느낌을 지울 수 없었다. 장식은 아주 심하게 망가지고 비바람에 삭아 있었다. 밝게 차려입은 몇 사람들이 입구에서 나를 맞았고, 우리는 그렇게 안으로 들어갔다. 거무칙칙한 19세기 의복을 입은, 꽤 기괴해 보였을 나는 꽃목걸이를 한 채, 밝고 부드러운 빛깔 옷이며 하얗게 빛나는 팔다리와 선율적인 웃음의 소용돌이와 까르르 웃으며 주고받는 언어의 홍수에 에워싸여 있었다.

널찍한 입구로 들어가니 그에 상응하는 드넓은, 갈색 커튼을 두른 홀이 나왔다. 천장은 어두웠고, 색유리가 끼워진 데도 있고 유리가 없는 데도 있는 창들을 통해 누그러진 빛이 들어왔다. 바닥에는 단단하기 이를 데 없는 하얀 금속의 커다란 블록들이 깔렸는데 금속판도 아니고 석판도 아닌 그것들은 몹시 닳아 있었다. 내가 판단하기론, 이전 세대들이 들락거리다 보니 발길이 자주 닿은 곳을 따라 움푹 패게 된 모양이었다. 저 끝까지 가로놓인 것은 연마한 석판으로 만든 무수한 테이블이었다. 바닥에서 30센티미터쯤 높이에 있는 테이블들 위에는 과일들이 쌓여 있었다. 비대한 나무딸기와 오렌지 종류가 일부 보였지만 대부분 과실들은 생소했다.

테이블 사이에는 쿠션들이 셀 수 없이 흩어져 있었다. 나를 데리고 온 자들이 그 쿠션에 앉아 나보고 따라 앉으라고 시늉했다. 별다른 격식 없이 그들은 손으로 과일을 먹기 시작했다. 껍질과 줄기 등속은 테이블 측면에 뚫린 둥근 구멍에 던져 넣었다. 나로서는 그들의 전례를 따르는 게 싫지 않았다. 목마르고 배고팠기 때문이다. 과일을 먹으면서 나는 홀 안을 느긋하게 살펴보았다.

눈길을 잡아끈 것은 주로 그 쇠락해 가는 외관이었다. 어떤 기하학 무늬밖에 없는 스테인드글라스 창유리는 곳곳이 깨졌고 저 안쪽 끝을 가로지른 커튼에는 먼지가 두텁게 끼었다. 내 앞 대리석 테이블 한 모서리가 파손된 게 눈에 띄었다. 그럼에도 전체 느낌은 몹시 화려하고 한 장의 그림 같았다. 이백 명 남짓한 사람들이 홀에서 식사를 하고 있었다. 그들 대부분은 가급적 내 가까이에 앉아, 각자 먹고 있는 과일 너머로 눈을 빛내며 흥미로운 듯 나를 지켜보았다. 그들은 모두 보드랍고 질긴 명주옷을 입고 있었다.

그들의 음식물이란 과일이 전부였다. 먼 미래의 사람들은 엄격한 채식주의자들이었다. 그들과 함께 있는 동안 나는 육식 욕구를 좀 느꼈지만 과일만 먹어야 했다. 나중에 알고 보니 말이며 소, 양과 개는 익티오사우루스[21]처럼 멸종한 뒤였다. 하지만 과일이 아주 감미로웠다. 특히 한 과일은 내가 거기 있는 내내 제철인 듯싶었는데 삼각형 껍질에 싸인 가루 형태의 속살이 특히 맛있어서 나는 그것을 주식으로 삼았다. 처음엔 그 낯선 과일들이며 생소한 꽃들이 어리둥절하기만 했는데 나중에 그것들의 의미를 점차 알게 되었다.

지금으로선 원미래[22]에서의 내 과일 식사 얘기를 계속하겠다. 식욕이 좀 충족되자 나는 이 신인류의 언어를 배워보리라 단단히 마음먹었다. 다음 할 일은 분명 그것이었다. 과일들로 시작하면 편리할 것 같아 그중 하나를 집어 들고 질문을 의미하는 일련의 소리를 내고 몸짓해 보였다. 뜻을 전달하는 데 상당한 애로를 겪었다. 내 시도에 그들은 처음엔 놀라서 눈을 동그랗게 뜨거나 잦아들지 않는 웃음을 터뜨렸다. 그러나 곧 한 금발 소인이 내 의도를 알아차리고서 어떤 명칭을 되풀이했다. 그들은 그 일을 두고 서로 재잘거리며 얘기를 길게 나누었다. 소인들의 섬세하고 작은 말소리를 내가 처음으로 발음하자, 그들은 엄청나게 즐거워했다. 그러나 나는 아이들에게 둘러싸여 있는 학교 선생 같은 기분을 느끼며 계속 밀고 나가서 어느덧 명사 스무 개쯤은 마음대로 부려 쓸 수 있게 되었다. 그러곤 지시대명사들을 섭렵하고 동사 '먹다' 까지 배웠다. 하지만 느린 과정인 데다 소인들이 벌써 지쳐 질문에서 벗어나고 싶어 해서 나는 그들이 마음 내켜 할 때마다 조금씩 배우는 게 낫겠다고 마음먹었다. 머잖아 나는 그들로부터 아주 조금밖에는 배울 수 없음을 알게 되었다. 그들만큼 게으르고 쉽게 지치는 사람들은 난생처음이었기 때문이다.

  홀 안의 소인들에게는 특이점이 하나 있었는데 흥미가 부족하다는 점이었다. 들뜬 듯 경탄의 소릴 지르며 내게 다가와 살펴보다가는 금방 어린아이들처럼 시들해져서 다른 놀잇감을 찾아 떠났다. 식사와 기초 회화가 끝나자 나는 처음에 나를 둘러쌌던 소인들이 거의 대부분 가버린 것을 알아챘다. 나도 그 소인들을 금방 경시하게 되었는데 그것도 이상한 일이었다. 허기가 가시자마자 나는 출입구를 통해 햇빛 세상으로 나왔다. 끊임없이 미래인들과 마주쳤다. 그들은 조금 떨어져서 나를 뒤따라오며 나에 대해 재잘거리고 까르륵거리다가 방그레 웃고 친근하게 손짓하며 떠나갔고, 나는 또 생각에 빠져들었다.

드넓은 홀에서 나오자 저녁의 고요가 세상을 덮고 있고 붉은 노을이 풍경을 물들이고 있었다. 만사가 몹시 혼란스러웠다. 내가 알던 세상과는 모든 게, 꽃까지도 전연 달랐다. 내가 빠져나온 큰 건물은 어느 넓은 강 유역 비탈에 서 있었다. 하지만 템스 강은 현재 위치에서 1, 2킬로미터쯤 옮겨 가 있었다. 나는 저기 2, 3킬로미터 떨어진 산꼭대기에 오르기로 마음먹었다. 저 위에서라면 서기 802,701년의 우리의 이 행성을 보다 넓게 조망할 수 있을 것 같았다. 이 연도는 타임머신의 작은 계기판이 표시한 것임을 이참에 밝혀 둔다.

나는 걸으면서 주위를 유심하게 살폈다. 내가 발견한 이 세계의 장려한 몰락을 설명하는 데 보탬이 될 만한 것이라면 무엇이든 눈여겨보았다. 이 세계는 확실히 몰락하고 있었다. 그 증거로, 언덕을 조금 올라가니 엄청난 화강암 무더기가 알루미늄 덩어리들과 한데 뒤엉켜 있었고 가파른 벽들과 무너진 더미들의 거대한 미궁 둘레로 아주 아름다운, 파고다[23] 처럼 생긴 식물들이 무성하게 자라 있었다. 쐐기풀과 비슷했지만 잎에 멋들어진 갈색이 감돌고 가시가 돋치지 않았다. 어떤 거대한 구조물의 잔해인 게 분명했는데 그 용도가 무엇이었는지는 알 길 없었다. 여기서 나는 훗날 몹시 이상한 체험을 하게 되는데 한층 더 이상한 발견의 전조(前兆)라고만 언급하고 그 자세한 내용은 적절한 시점에서 밝히겠다. 한 등성마루에서 잠시 쉬면서 어떤 생각이 떠올라 경치를 둘러보니 작은 집들이 보이지 않음을 알았다. 단독주택뿐 아니라 다가구 주택도 보이지 않는 듯했다. 여기저기 초목들 사이에 궁전 같은 건물들이 있을 뿐 우리네 영국 풍경의 특징인 가옥과 시골집 들은 보이지 않았다.

"공산주의인가."

나는 중얼거렸다.

그 등마루에서 다른 생각이 스쳤다. 나를 뒤따라 올라오는 소인들 대여섯을 바라보다가 번쩍 떠오르는 생각이 있었다. 의복의 형태며 털 없는 반드러운 얼굴이며 소녀 같은 통통한 팔다리가 모두 한결같았다. 그것을 일찌감치 알지 못한 게 이상하게 비칠지도 모르지만 처음엔 모든 게 이상하기만 해서 그제야 나는 그 사실을 명확히 알게 되었다. 의복이며 체격과 자세의 온갖 상이점으로 남녀를 구별하기 마련인데, 미래인들은 서로가 어슷비슷했다. 그곳의 어린애들은 내겐 부모의 축소판으로 보일 뿐이었다. 미래 아이들은 적어도 육체적으론 굉장히 조숙하다고 나는 판단했다. 이후에 내 견해는 여러 차례 검증되었다.

이 사람들이 누리는 안락과 안전을 고려해 보면 그들 남녀 간의 흡사함도 이해 못 할 건 아니었다. 왜냐하면 남자의 강인함과 여자의 부드러움, 가족제도며 직업 분화는 물리적인 힘의 시대에서 살아남기 위한 불가결한 요소이기 때문이다. 인구가 안정되고 넉넉한 곳에서의 다산은 국가에 복이 되기보단 해를 끼친다. 폭력이 드물고 2세들이 안전한 곳에서는 아이들의 양육과 관련한 가족의 효용성과 성별 특화의 필요성이 줄어든다. 아니, 아예 없어진다. 우리 시대에도 일부 그 단초를 찾아볼 수 있는 이러한 현상이 미래 시대에 가서는 완전히 성립된 것이다. 그때 나는 이런 사색을 하고 있었다. 하지만 이게 얼마나 현실과 동떨어진 생각인지는 나중에 깨닫게 되었다.

이런 숙고를 하면서 문득 어떤 깜찍한 구조물, 둥근 지붕을 갖춘 우물 같은 것에 눈길이 가닿았다. 우물이 아직도 남아 있다니 이상하구나, 한순간 생각하고는 사색의 흐름을 다시 이어 나갔다. 언덕 꼭대기 쪽으로는 큰 건물이 없는 데다 내 걸음걸이가 소인들에 비해 워낙 빨라서 잠시 뒤에는 처음으로 혼자 있게 되었다. 자유감과 모험심의 야릇한 기분에 휩싸여 나는 꼭대기로 짓쳐 올라갔다.

꼭대기에는 내가 알지 못하는 어떤 금속 재질 의자가 하나 있었다. 군데군데 부식되고 발그스름한 녹이 슨 데다 거지반 보드라운 이끼에 덮였고 팔걸이는 그리핀[24]의 머리를 닮도록 주조하고 다듬은 것이었다. 나는 의자에 앉아 그 긴 하루의 저무는 해 아래 펼쳐진 우리의 예스러운 세계를 조망했다. 그처럼 감미롭고 아름다운 경치는 처음이었다. 해는 지평선 너머로 이미 가라앉았고, 금빛으로 불타는 서녘이 자주와 선홍의 길쭉한 띠를 거느린 지평선에 맞닿아 있었다. 저 아래는 템스 강 유역으로, 복판에는 광택 나는 강철의 띠 같은 강물이 흐르고 있었다. 이미 말했듯이 거대한 궁전들이 다채로운 초목들 사이로 산재해 있었다. 일부는 폐허였고, 일부는 사람이 살고 있었다. 여기저기 지상의 버려진 정원에 흰빛인지 은빛인지 어떤 형상이 서 있고, 또 여기저기 둥근 지붕의 탑이나 방첨탑(方尖塔)[25]이 가파르게 우뚝 솟아 있었다. 산울타리는 없었고, 소유권 표시도 없었고, 농사의 흔적도 없었다. 지상 전체가 하나의 정원이었다.

그렇게 바라보면서 내가 본 것들을 해석하기 시작했다. 그날 저녁 술술 풀려나간 내 해석은 대략 다음과 같다. (나중에 알고 보니 그것은 절반의 진실, 혹은 진실의 일면을 훔쳐본 것에 불과했다.)

쇠퇴기에 접어든 인류를 내가 조우한 듯했다. 불그레한 황혼이 인류의 황혼을 생각나게 했다. 우리가 현재 기울이고 있는 사회적 노력의 기이한 결과를 비로소 깨닫기 시작했다. 하지만 생각해 보면 당연한 귀결이었다. 육체의 힘은 필요의 결과이므로, 안전한 상황은 연약함을 낳는다. 생활환경을 개선하는 일, 생활을 끊임없이 안정화하는 참된 문명화 과정이 꾸준하게 진행되어 그 극점에 다다른 것이다. 인류가 힘을 합쳐 자연을 차례차례 정복하게 되었다. 지금은 꿈에 불과한 것들이 미래에선 계획적으로 착수되고 수행되었던 것이다. 그 결과를 나는 보고 있었다!

결국 오늘날의 공중위생과 농업은 아직도 걸음마 단계에 있다. 우리 시대 과학은 인간 질병 영역의 작은 부문을 공략해 온 것에 불과하다. 그렇다 하더라도 그 활동은 매우 꾸준하게 끊임없이 펼쳐지고 있다. 우리네 농업과 원예술은 여기저기 잡초를 조금 제거하고, 스무 종 남짓한 유용식물을 재배하는 것에 한정된 채 대다수 식물들을 생존경쟁에 내몰리게 버려둔다. 우리는 그 수는 극히 적지만 특별히 마음에 드는 식물과 동물을 선택교배[26]를 통해 점차 개량하고 있다. 한결 맛있는 신종 복숭아가 그렇고, 씨 없는 포도가 그렇고, 한층 향기롭고 큼직한 꽃이 그렇고, 더욱 쓸모 있는 축우 품종이 그렇다. 우리는 그것들을 점차적으로 개량하고 있는데, 우리의 이상이 막연하고 가설적인 데다 우리 지식은 몹시 협소하기 때문이다. 그리고 자연은 우리의 서툰 손길에 여간해선 곁을 내주지 않기 때문이다. 언젠가는 이 모든 게 더욱, 더더욱 조직화되어 나갈 것이다. 이따금 역류가 있겠지만 이것이 시대의 조류다. 전 세계는 지성 있고 교양 있고 협력적이게 될 것이다. 만사는 자연을 극복하는 방향으로 점점 빠르게 진전될 것이다. 결국에 가서 우리는 지혜롭고도 신중하게 동물과 식물의 조화를 우리 인간의 필요에 맞게 재조정할 것이다.

그 재조정이 완료된 게, 성공적으로 완료된 게 분명했다. 내 타임머신이 건너질러 온 시간 사이에, 그 시간 내내 진행된 게 분명했다. 공기 중에 모기는 없었고 땅에는 잡초나 진균류가 없었다. 널린 게 과일이요, 향기롭고 다채로운 꽃이었다. 찬란한 빛깔의 나비가 여기저기 날고 있었다. 예방의학의 목표가 달성되어 질병이 박멸되었다. 내가 거기 머무는 내내 전염병의 흔적이라곤 보지 못했다. 이런 변화들로 인해 부패와 부식 작용까지 크게 영향을 받았음은 나중에 또 얘기하겠다.

사회적 승리 또한 달성되었다. 인류는 화려한 거처에 살면서 훌륭하게 차려입고 있었다. 그럼에도 힘써 일하는 모습을 본 적이 없었다. 투쟁의 징후도 없었다. 사회적 투쟁도 경제적 투쟁도 없었다. 우리 세계의 몸통을 이루는 상점, 광고, 운수업 등 모든 상업 활동이 사라졌다. 그 황금빛 저녁에 내가 천국 사회를 성급히 떠올린 건 자연스러웠다. 인구 증가라는 난제 또한 해결되어서 인구 증가가 중단된 것 같았다.

그런데 이렇게 환경이 바뀌면 그에 따른 적응이 불가피하다. 생물학이 오류투성이가 아니라면, 인간의 지력과 정력을 있게 한 요인은 무엇일까? 고난과 자유, 정력적이고 강하고 민감한 자는 살아남고 약자는 궁지에 몰리는 환경, 능력 있는 자들의 충직한 동맹을 높이 사고 자제심과 인내력, 결단력을 존중하는 풍토 등이 그것이리라. 그리고 가족제도와 그로 인한 감정들, 즉 격렬한 질투, 자식에 대한 사랑, 부모의 자기 헌신 등은 모두 자녀들이 위험에 직면한 상황에서 의미가 있고 그 존립 근거가 있었다. 그런데 '지금' 그 위험한 상황은 어디 있는가? 현재 부부 사이의 질투, 지나친 모성애 등 온갖 종류의 걱정에 반대하는 어떤 정서가 나타나고 있는데 이는 계속 확산될 것이다. 이제는 불필요하고 우리를 불편하게 하는 그런 야만적 생존에 필요한 것들은 세련되고 즐거운 생활과 어울리지 않는다.

미래인들의 왜소한 육체와 지력 부족, 그 허다한 거대 폐허들을 생각한 나는 자연을 완벽하게 정복했구나 하는 확신을 가지게 되었다. 전쟁 뒤에는 평화가 도래하는 법이니까. 인류는 강하고 정력적이고 지적이었다. 그들은 그들이 살았던 환경을 바꾸는 데 왕성한 생명력을 남김없이 쏟아부었다. 그리고 이제 변화된 환경에 대한 반작용이 일어났다.

완전한 안락과 안전이라는 새로운 환경 아래서는 우리에

겐 강점이었던 부단한 정력이 도리어 약점이 될 것이다. 우리 시대에서조차 한때 생존에 필요했던 특정 기질과 열정은 피할 수 없는 실패의 요인이 되고 있다. 가령 육체적 용기와 호전성은 문명인에게 큰 도움이 되기는커녕 방해가 될 수 있다. 물리적 안정과 안전을 이룬 상태에서는 육체적 힘뿐 아니라 지적인 힘까지도 어울리지 않게 된다. 헤아릴 수 없는 세월 동안 전쟁의 위험도, 개인적 폭력의 위험도, 야생동물로부터의 위협도, 체력을 소진하는 소모성 질환의 위협도, 노동의 필요도 없었던 듯했다. 그런 삶에서는 우리가 약자라고 부르는 사람들이 강자만큼이나 유리하며 따라서 이제는 약자가 아니다. 사실 그들이 더 유리한데, 강자들은 배출구 없는 정력에 시달리기 때문이다. 내가 봤던 더없이 아름다운 건물들은 기어이 갈 길 잃은 인류 정력의 마지막 파도가 세워 일으킨 것임에 분명했다. 그다음에 그들은 생활환경과 완벽한 조화를 이루었으리라. 그 승리의 팡파르는 최후의 평화 시대를 열어젖혔으리라. 안정과 조우한 정력의 운명은 항상 그래 왔다. 예술과 에로티시즘에 취하다가 인류는 결국 침체와 몰락의 길을 걷기 마련이다.

    그 예술적 충동조차 마침내 사라질 것이다. 내가 본 시간대에서는 거의 사라져 있었다. 햇빛 속에서 꽃으로 꾸미고 춤추고 노래하는 정도가 그 미래인들에게 남은 예술 정신의 전부였고, 그 외에는 없었다. 결국 그것조차 사라져 흡족한

권태만 남으리라. 우리는 고통과 결핍의 숫돌에 갈리느라 정신없는데 거기서는 그 가중스러운 숫돌이 마침내 작살난 듯 보였다!

어둠이 몰려드는 산정에 서서 나는 신세계의 의문을 그 간단한 해석으로 모조리 풀었다고 생각했다. 감미로운 미래인들의 비밀을 남김없이 밝혔다고 생각했다. 인구 증가를 막기 위해 그들이 고안한 방편들이 아주 잘 먹혀들어 갔다고, 그래서 인구가 변동이 없다기보다는 오히려 줄어들게 되었다고 생각했다. 버려진 폐허가 그것을 말해 주고 있잖은가. 내 해석은 너무나 단순하고 그럴듯했다. 잘못된 이론들이 대부분 그렇듯이!

5

너무나 완전한 인류의 승리에 푹 빠져 거기 서 있는데, 북동쪽을 물들인 은빛을 헤치고 좀 이지러지긴 했으나 노르스름한 달이 휘영청 떠올랐다. 저 아래에서 돌아다니던 산뜻한 소인들은 더 이상 보이지 않았고, 올빼미 한 마리가 소리 없이 휘익 날아갔다. 나는 밤의 한기에 몸을 떨었다. 이제 내려가서 잠자리를 찾아야겠다고 마음먹었다.

내가 방문했던 건물을 눈으로 찾아보았다. 그다음에 청동 받침대 위 흰 스핑크스의 모습을 눈으로 더듬었다. 떠오르는 달이 점점 밝아지자 석상이 좀 뚜렷하게 보였다. 석상에 기대선 자작나무가 보였다. 뒤얽힌 진달래나무 덤불이 파리한 빛에 거무스름했고, 협소한 잔디밭이 있었다. 그 잔디밭을 다시 보았다. 기묘한 의심이 느긋한 내 마음에 찬물을 끼얹었다.

"아니야."

나는 단호하게 고개를 저었다.

"그 잔디밭이 아니야."

하지만 그 잔디밭이었다. 스핑크스의 나병 환자 같은 흰 얼굴이 잔디밭을 향하고 있었다. 이 확신이 굳어졌을 때 내 기분이 어땠는지 여러분은 상상할 수 없으리라. 타임머신이 사라졌다!

그 즉시 내 얼굴을 채찍으로 후려치듯 생각 하나가 스쳤다. 내가 몸담고 있던 시대로 돌아가지 못하고 이 낯선 신세계에 홀로 남겨질지도 모른다는 우려였다. 그 생각만으로도 실제 물리적 감각이 느껴졌다. 그 생각이 내 목덜미를 움켜잡고 숨통을 죄었다. 다음 순간 나는 두려움에 휩싸여 비탈을 획획 내달려 내려갔다. 한 번 고꾸라지는 바람에 얼굴을 베었지만 지혈할 틈이 없었다. 따스한 액체가 뺨과 턱으로 흘러내리는 걸 느끼면서 껑충껑충 내달렸다. 달리는 내내 혼잣말을 했다.

"조금 옮겨 놓았을 거야. 거치적거려서 덤불 밑으로 밀어 놓았을 거야."

그러면서도 전속력으로 달렸다. 달리는 내내 그것을 확신하면서도 한편으론 그런 확신이 어리석은 줄 알았다. (너무 불안하면 그렇지 않다고 믿고 싶어 하기 마련이니까.) 타임머신이 내 손길이 닿지 않는 곳으로 사라졌음을 직감으로 알았다. 숨쉬기가 고통스러워졌다. 그 산꼭대기에서 좁다란 잔디밭까지 3킬로미터 남짓한 거리를 10분 만에 완주하지 않았나 싶다. 게다가 난 젊은이도 아닌데 말이다. 달리면서 큰 소리로 저주했다. 그 기계를 함부로 방치해 둔 자신만만했던 내 어리석음을 욕하며 아까운 숨을 허비했다. 크게 부르짖었지만 응답은 없었다. 그 달빛 세상에 개미 하나 얼씬거리지 않는 듯했다.

잔디밭에 이르고 보니 최악의 우려가 현실로 닥쳤다. 기계의 흔적이라곤 보이지 않았다. 검은 덤불 사이 빈 공간을 대하자 정신이 어찔하고 등골이 서늘했다. 기계가 한구석에 숨겨져 있기라도 한 듯 나는 미친 듯이 한 바퀴 돌았다. 그러곤 우뚝 멈춰 서서 머리칼을 움켜쥐었다. 고개를 쳐드니 청동 받침대에 올라앉은 나병 환자 같은 스핑크스가 떠오르는 달빛에 하얗게 빛나고 있었다. 어쩔 줄 몰라 하는 나를 비웃고 있는 것 같았다.

소인들의 육체적 허약과 지능 부족을 알지 못했더라면 그들이 나를 위해 기계를 어디 안전한 곳에 옮겨 놓았겠거니 생각하고 스스로를 위안할 수도 있었지만 그렇지 않으니 절망이었다. 내 발명품이 사라진 데는 내가 모르는 어떤 힘이 개입되어 있다는 느낌이 막연하게 들었다. 그래도 한 가지는 분명했다. 어떤 다른 시대가 그것과 똑같은 기계를 창안해 내지 않는 한 타임머신이 시간 속을 움직였을 리는 없다. 레버라는 부품이 있어서 그것을 떼어놓았을 경우 (그 방법은 나중에 설명하겠다.) 그 누구도 타임머신을 시간 속으로 옮길 수 없기 때문이다. 기계는 공간 속을 움직여 숨겨진 것이다. 그렇다면 어디에 숨겨져 있을까?

나는 격분했던 듯하다. 둘레둘레 스핑크스 주위의 달빛 비치는 덤불을 격렬하게 들쑤시며 뛰어다녔던 기억이 난다. 어둑한 빛 속에서 어떤 흰 동물이 화들짝 튀어 올랐는데 작은 사슴인 듯했다. 그날 밤 늦게 주먹을 움켜쥐고 덤불을 내리치다가 부러진 잔가지에 손가락 마디를 깊숙이 찔리고 피를 흘린 게 또 기억난다. 그러곤 정신적 격통에 흐느껴 울고 부르짖으며 거대한 석조 건물로 내려갔다. 널찍한 홀은 어둡고 조용하고 썰렁했다. 나는 고르지 못한 바닥에 발이 걸려 공작석 테이블 위로 엎어지는 바람에 하마터면 정강이를 부러뜨릴 뻔했다. 성냥불을 켜고 이미 말한 바 있는 먼지 낀 커튼을 젖히고 들어갔다.

또 하나의 널찍한 홀이 나왔는데 쿠션들이 널려 있었다. 그 쿠션 위에 스무 명쯤의 소인들이 잠자고 있었다. 알아들을 수 없는 소리를 꽥꽥 내지르며 성냥불을 들고 고요한 어둠 속에서 불쑥 나타난 내 두 번째 등장이 그들에겐 꽤 기괴해 보였음에 틀림없다. 그들은 성냥 따윈 잊은 지 오래였으니까.

"내 타임머신은 어디 있나?"

성난 어린애처럼 앙앙대며 나는 그들을 닥치는 대로 쥐어잡고 흔들어 일으켰다. 그들에겐 내가 참 이상하게 보였으리라. 몇몇은 웃고 대다수는 기겁한 표정이었다. 나를 둘러싼 그들을 보며 내가 얼마나 어리석은 짓을 하고 있는지, 그리고 그들에게 또다시 공포심을 불러일으키고 있는 나 자신을 깨달았다. 낮의 행동으로 미루어 보아 그들은 공포심을 이미 잊은 듯했는데 말이다.

불현듯 성냥불을 내던진 나는 거치적거리는 소인 하나를 넘어뜨리고 널찍한 식당 홀을 휘청휘청 건너질러 달빛 아래로 나왔다. 무서워 소리를 지르며 이리저리 타다닥 달리고 넘어지는 소인들의 소리가 들렸다. 달이 중천까지 기어오르는 동안 내가 한 행동을 모두 기억하진 못한다. 기계를 잃어버린 뜻밖의 상황에 내가 미쳐버린 듯했다. 동족과 단절되었다는 절망감이 엄습했다. 미지의 세계에 떨어진 나는 한낱 괴상한 동물이었다. 신과 운명을 부르짖고 저주하며 미친 듯 왔다 갔다 한 것 같다. 절망의 긴 밤이 깊어지자 기진맥진했던 게 기억난다. 이곳저곳을 헛되이 들여다보았다. 달빛 폐허들을 너듬다가 어둠 속에서 괴상한 생물들을 건드렸다. 마침내 스핑크스 근처 땅바닥에 누워 한없이 비참한 기분에 빠져 훌쩍거렸다. 나에게 남은 건 비참함뿐이었다. 그러다 잠들었는데 깨어났을 때는 날이 훤히 밝아 있었다. 두어 마리 참새가 내 곁에서 잔디밭을 폴짝폴짝 뛰어다니고 있었다. 팔을 뻗으면 닿을 거리에서.

상쾌한 아침을 느끼며 일어나 앉았다. 내가 왜 여기에 있는지, 이 깊은 고립감과 절망감의 정체는 무엇인지 상기하려 애썼다. 그러자 기억이 새록새록 떠올랐다. 정신을 맑게 하고 이성을 부추기는 햇빛을 받으며 나는 내가 처한 상황을 똑바로 직시할 수 있었다. 간밤에 미쳐 날뛰었던 내 야만스러운 어리석음을 깨닫고 이성적으로 생각하며 혼자 중얼거렸다.

"최악의 경우를 상정하자. 기계를 완전히 잃어버렸다고, 파괴되었을지도 모른다고 가정하자. 그렇다면 진정하고 인내해야 마땅하다. 여기 사람들의 방식을 배우고, 내 기계가 어떻게 사라졌는지 명백히 밝혀 내고, 재료와 공구를 마련할 방도를 세우고, 그래서 마침내 다른 기계를 만들 수도 있잖은가."

어쩌면 내게 그 희망밖에 남지 않았는지도 몰랐다. 그래도 절망보다는 나았다. 그리고 어쨌든 그곳은 아름답고 신비로운 세계였다.

어쩌면 타임머신은 그저 탈취당한 것인지도 몰랐다. 그래도 나는 진정하고 인내해서 숨겨 둔 장소를 찾아내어 힘으로든 잔꾀로든 되찾아야 한다. 그러고서 나는 벌떡 일어나, 어디 씻을 만한 데가 없나 주위를 둘러보았다. 지치고 뻐근하고 여행으로 초췌해진 느낌이었다. 상쾌한 아침을 접하니 나도 상쾌한 기분을 만끽하고 싶었다. 걱정은 다 소진되고 없었다. 사실 몸을 씻으면서는 지난밤에 그렇게 흥분했던 나 자신이 의아하게 여겨졌다. 나는 좁다란 잔디밭을 면밀히 조사했다. 지나가는 소인을 붙잡고 의사를 최대한 잘 전달하려고 손짓 몸짓을 해가며 부질없는 질문을 하느라고 아까운 시간만 허비했다. 내 몸짓을 이해하는 자는 아무도 없었다. 몇몇은 그저 어리벙벙했고 몇몇은 장난인 줄 알고 나를 비웃었다. 웃어대는 그 예쁘장한 얼굴들을 후려갈기고 싶어 손이 근질근질했지만 간신히 참았다. 어리석은 충동인 줄은 알았지만, 악마의 자식인 두려움과 분노가 아직도 살아서 내 불안감을 이용하려 들었다. 그들보다는 잔디밭 쪽이 오히려 도움이 되었다. 길게 팬 어떤 자국을 발견했는데, 스핑크스의 대좌와, 내가 여기에 막 도착해서 뒤집힌 타임머신과 씨름하느라 찍어놓은 내 발자국 중간쯤에 있었다. 기계를 치운 다른 흔적도 있었다. 폭 좁은 이상한 발자국이 주위에 찍혀 있었는데 나무늘보의 발자국과 비슷한 종류였다. 그래서 나는 대좌에 면밀한 주의를 기울였다. 이미 말한 것 같은데 대좌는 청동제였다. 그냥 한 덩어리가 아니라 세밀하게 장식한 깊숙한 벽판이 그 양옆에 붙어 있었다. 그것들을 두드려보았다. 대좌는 속이 비어 있었다. 벽판을 자세히 들여다보니 테두리를 따라 미세한 틈이 있었다. 손잡이도, 열쇠 구멍도 없었지만 그 벽판들이 문이라면 안쪽으로부터 열릴 것 같았다.

한 가지 분명하게 짚이는 게 있었다. 내 타임머신이 대좌 안에 있다고 어렵지 않게 추리할 수 있었다. 하지만 그게 어떻게 그 안에 들어갔는지는 다른 문제였다.

오렌지색 옷을 입은 두 사람의 머리가 덤불에서 나와, 꽃이 만발한 몇 그루 사과나무 밑을 지나 내 쪽으로 오고 있었다. 나는 미소를 건네며 그들을 손짓해 불렀다. 그들이 오자 나는 청동 대좌를 가리키며 그것을 열고 싶다는 뜻을 시늉해 보였다. 내가 막 손짓을 하는데 그들의 거동이 몹시 이상했다. 그 표정들을 여러분들에게 어떻게 설명해야 할지 모르겠다. 가령 상스럽고 부적절한 제스처를 어느 예민한 여인에게 썼을 경우 그 여인이 지었을 법한 표정이랄까. 그들은 세상에 둘도 없는 모욕을 당한 사람처럼 쌩하니 가버렸다. 다음에 나는 흰옷 입은 한 곱상한 꼬맹이에게 몸짓을 해 보였는데 결과는 동일했다. 녀석의 태도에 왠지 모멸감을 느꼈지만, 여러분도 알다시피 나는 타임머신을 되찾아야 했으므로 녀석에게 다시 한번 시늉해 보였다. 녀석도 딴 사람들처럼 쌩 돌아서자 기어코 내 성질이 나왔다. 세 걸음 만에 녀석을 따라잡아 옷 덜미를 낚아채어 스핑크스 쪽으로 질질 끌고 갔다. 녀석의 얼굴에 떠오른 공포와 격렬한 혐오를 보고는 돌연 그를 놓아주었다.

하지만 이대로 물러설 순 없었다. 나는 청동 벽판을 주먹으로 쾅쾅 쳤다. 안에서 무슨 소리가 난 것 같았다. 정확히 말하면 킬킬거리는 웃음 비슷한 소리가 난 것 같았다. 하지만 잘못 들은 것이리라. 그러고 나서 강에서 큰 자갈을 가져와서 벽판을 쿵쿵 두드렸다. 이윽고 소용돌이 요철 무늬가 납작하게 눌리면서 푸른 녹이 비듬처럼 부스스 떨어져 내렸다. 내가 발작적으로 쾅쾅 두들겨대는 소리를 양편 1킬로미터 내의 예민한 소인들이 못 들었을 리 만무하건만 아무도 나타나지 않았다. 소인들 한 무리가 비탈에서 나를 몰래 엿보고 있었다. 마침내 더위에 지친 나는 주저앉아 그곳을 지켜보았다. 그러나 너무 초조한 상태라 오래 지켜볼 순 없었다. 뼛속까지 서양인인지라 나는 오래 기다릴 수 없었다. 몇 년이 걸리더라도 한 가지 문제를 연구할 수는 있었지만, 가만히 앉아서 24시간을 기다릴 순 없었다. 그건 다른 문제였다.

머잖아 일어나서 덤불을 지나 언덕을 향해 정처 없이 걸으며 혼자 중얼거렸다.

"참자. 기계를 되찾고 싶으면 저 스핑크스를 그냥 내버려두자. 놈들이 기계를 빼앗을 작정이라면 청동 벽면을 부수어 봤자 소용없다. 빼앗을 작정이 아니라면 내가 요구하면 언제든 돌려받을 수 있으리라. 알 수 없는 것들에 포위당한 채 그런 수수께끼로 머리를 싸매 봤자 무슨 희망이 있겠는가. 편집광밖에 더 되겠는가. 이 세계를 직시하자. 이곳의 방식을 배우고, 관찰하고, 이 세계의 의미를 성급하게 단정하지 않도록 주의하자. 그러면 결국 이 세계의 실마리를 모두 발견할 수 있으리라."

문득 참 기막힌 상황이구나 하는 생각이 스쳤다. 미래 시대로 가려고 수년간 연구하고 수고를 아끼지 않았는데 이제 거기서 빠져나가려고 안달하다니. 그 누구도 고안해 내지 못한 그지없이 복잡하고 빠져나갈 길 없는 덫을 스스로 만들지 않았는가. 자승자박이었지만 어쩔 도리가 없었다. 나는 큰 소리로 웃었다.

예의 큰 궁전으로 들어가자 소인들이 나를 피하는 듯했다. 내 착각일 수도 있고 아니면 내가 청동 출입구를 두드린 것과 무슨 관련이 있는 듯도 싶었다. 어쨌든 나는 그들의 회피를 뚜렷하게 감지했다. 하지만 애써 모른 체했고 그들을 뒤쫓는 것도 삼갔다. 그렇게 하루 이틀을 보내자 그들과의 관계가 예전으로 되돌아갔다. 그들의 언어를 익히는 틈틈이 여기저기 탐험을 감행했다. 내가 미묘한 점을 놓쳤든지 아니면 실제로 그들의 언어가 극도로 단순한 탓인지 그들의 언어는 거의 구체명사와 동사로만 한정되어 있었다. 추상명사가 거의 없든지 아니면 비유적 표현을 거의 사용하지 않는 것 같았다. 문장은 대체로 간단하고 두 단어로 이루어져 있었다. 나는 아주 단순한 뜻을 전달하거나 이해하는 것 외에는 가능하지 않았다. 타임머신과 스핑크스 밑 청동 문의 수수께끼는 가급적 기억 한편에 밀쳐 두기로 마음먹었다. 지식이 넓어지면 자연스레 그 생각들을 꺼내 보게 될 터였다. 여러분도 이해하겠지만 나는 왠지 내가 도착한 지점에서 반경 수 킬로미터 밖으로 나갈 마음이 전혀 없었다.

내가 본 세상은 어디든지 템스 강 유역과 마찬가지로 무성하고 융성했다. 오르는 언덕배기마다에서 내려다보면 재질과 양식 면에서 끝없이 다양한, 굉장한 건물들이 늘 무수했고, 늘푸른나무 덤불은 한결같이 군락을 이루고, 꽃이 만발한 나무와 양치식물 들도 한결같았다. 여기저기 물결이 은빛으로 반짝이고 그 너머로 굽이굽이 솟아오른 푸른 산줄기들이 청명한 하늘 속으로 녹아들었다. 이윽고 관심을 끈 특이한 것이 있었는데, 꽤 깊어 보이는 둥그런 우물이 몇 개 있었다. 그중 하나는 내가 첫 산책을 나섰던 언덕배기 중도의 길옆에 있었다. 다른 것들과 마찬가지로 그것은 청동으로 가장자리를 두르고 희한하게 세공되어 있었고 비를 막기 위해 작고 둥근 지붕을 덮고 있었다. 그 우물들 옆에 앉아 수직 어둠 속을 들여다보았지만, 물빛은 보이지 않았다. 성냥불을 켜도 물그림자는 코빼기도 비치지 않았다. 하지만 우물들 속에서 한결같이 어떤 소리가 들렸다. 덜컹…… 덜컹…… 덜컹. 무슨 큰 엔진의 박동 소리 비슷했다. 그리고 성냥불들이 너울거리는 방향으로 보아 공기가 꾸준하게 아래로 흘러들고 있음을 알 수 있었다. 종이 한 장을 그중 한 아가리 속으로 떨어뜨렸더니 나풀나풀 내려가지 않고 대번에 휙 빨려들어 사라졌다.

시간이 지나면서 나는 그 우물들을 비탈들 여기저기 솟아 있는 높다란 첨탑들과 연결 지어 생각하게 되었다. 더운 날 태양에 달궈진 해변이 피워 올리는 그런 아지랑이가 첨탑들 위 공중에서 아른거리는 때가 자주 있었기 때문이다. 그 둘을 연결 지으니 어떤 지하 통풍 장치가 광범위한 체계를 갖추고 있다는 추측이 강하게 들었다. (정말로 그렇다고는 확신할 수 없었다.) 처음에 나는 그게 미래인들의 위생 시설이 아닐까 생각했다. 그것은 당연한 결론이었지만 완전히 틀린 결론이었다.

이곳 실제 미래에 머물면서 나는 그곳의 하수 시설이며 시각을 알리는 종소리, 운송 수단과 여타 편의 시설에 대해 아주 조금밖에 알 수 없었음을 고백해야겠다. 유토피아와 미래에 대해 내가 읽은 책들 중에는 건물과 사회제도 따위를 엄청나게 상세히 설명한 것도 있었다. 상상력만으로 꾸며낸 세상을 상세하게 묘사하는 건 쉬울지 몰라도 내가 가본 실제 미래에는 이해할 수 없는 것투성이였다. 중앙아프리카에서 온 풋내기 흑인이 런던 이야기를 자기 종족에게 돌아가서 어떻게 들려줄지 상상해 보라! 철도 회사며 사회운동, 전화, 전신, 소화물 배달 회사, 우편배달 등등에 대해 그가 무엇을 알 수 있을까? 그럼에도 우리는 그에게 그것들을 기꺼이 설명해 줄 것이다. 그래서 그가 뭘 좀 알게 되었다 하더라도 런던에 가보지 않은 친구들을 얼마만큼 설득시킬 수 있을까? 지구에서 흑백 인종의 격차는 좁기라도 하지, 나 자신과 그 황금시대의 간격은 얼마나 넓은가 말이다! 나는 보이지 않는 것들을 많이 감지했고 그게 그나마 위안이 되었다. 그러나 자동화된 체제라는 전반적인 인상을 제외하면 내가 여러분들에게 현대와의 차이점을 얼마나 제대로 전달할 수 있을지 의문이다.

가령 장사(葬事)와 관련해선 화장터는 물론이고 무덤 같은 것도 일절 보지 못했다. 하지만 내가 탐험한 영역 밖 어딘가에 공동묘지나 화장터가 있을 거란 생각이 들었다. 이 의문을 곰곰이 생각해 보았지만 호기심이 풀리기는커녕 의혹만 더 깊어졌다. 이 의문을 궁리하다가 더욱 난감한 다른 현상을 알아차리게 되었다. 미래인들 사이에 노쇠한 이들이 없었던 것이다.

자동화된 문명과 인류의 쇠퇴기라는 내 첫 가설의 만족감은 오래가지 못했다. 그렇다고 다른 가설을 세운 것도 아니었다. 난감한 점들을 열거해 보겠다. 내가 탐험했던 여러 대궁전들은 그저 거처와 대식당, 침실에 불과했다. 기계류나 가정용 기구는 통 보질 못했다. 그럼에도 이 사람들은 통풍이 잘되는 피륙을 걸치고 있었는데 새 옷을 어떻게 장만하는지 알 수 없었다. 그들이 신고 있는 샌들은 장식 없이 밋밋했지만 아주 정교한 금속 세공품이었다. 어쨌든 만들어진 것임엔 틀림없는데 소인들에게선 창조적 성향이라곤 엿보이지 않았다. 상점도 공장도 수입한다는 징표도 없었다. 소인들은 얌전하게 놀거나 강가에서 물놀이를 하거나 장난스럽게 사랑 행위를 하거나 과일을 먹거나 잠자는 것으로 하루를 보낼 뿐이었다. 이런 생활이 어떻게 유지될 수 있는지 나는 알지 못했다.

 타임머신만 해도 그렇다. 내가 알지 못하는 무언가가 그것을 하얀 스핑크스의 텅 빈 대좌 안으로 끌고 갔다. 무엇 때문에? 내가 무슨 수로 알 수 있겠는가. 물 없는 우물들도 그렇고, 아지랑이를 피워 올리는 기둥들도 마찬가지였다. 무언가 단서 하나가 빠진 느낌이었다. 글쎄, 어떻게 설명하면 좋을까. 가령 명판(銘板) 하나를 발견했는데 더할 나위 없이 쉬운 영어로 된 문장들 사이사이에 전혀 알아볼 수 없는 낱말로 된 문장들이 끼어 있을 때 느낄 법한 기분이랄까. 내가 사흘째 머물던 날, 서기 802,701년의 세상이 내겐 그렇게 비쳤다!

 그날 친구가 한 명 생겼다. 여울에서 물놀이를 하는 소인들 몇 명을 내가 지켜보고 있는데, 그중 한 명이 경련을 일으키더니 하류로 떠내려가기 시작했다. 본류는 물살이 좀 급했지만 웬만큼 수영을 하는 사람이라면 헤쳐 나올 수 있을 정도였다. 가냘프게 울부짖는 익사 직전의 그 작은 이를 번연히 보면서도 구조에 나서는 사람이 단 한 명도 없었다는 것은 그들의 기묘한 육체적 결함을 잘 드러내는 대목이 아닐 수 없다. 이 광경을 본 나는 급하게 옷을 벗고 하류 지점에서 물속으로 들어가 그 가엾은 작은 이를 무사히 물가로 끌어내었다. 팔다리를 좀 주무르자 그녀는 금방 의식을 되찾았다. 그녀의 무사한 것을 확인하고 안심한 나는 그곳을 떠났다. 소인들을 얕잡아 보고 있었기 때문에 그녀로부터 감사의 표시 따윈 기대하지 않았다. 하지만 내 예상은 빗나갔다.

이 일은 아침나절에 일어났다. 오후에 탐험을 끝내고 근거지로 돌아가는 길에 그 작은 여인과 다시 마주쳤다. 그녀는 환성을 지르며 나를 반기면서 큼직한 꽃목걸이를 선사했다. 나를 위해 만든, 나만을 위해 만든 게 분명한 그 선물에 나는 가슴이 뭉클했다. 내가 무척 외로웠었나 보다. 아무튼 나는 선물을 받은 감사의 뜻을 최대한 표했다. 우리는 곧 아담한 석재 정자 안으로 들어가 나란히 앉아 주로 미소로써 대화를 주고받았다. 그녀의 호의는 어린아이의 그것처럼 내 마음을 움직였다. 꽃을 주고받은 다음에 그녀는 내 손에 입을 맞추었고 나도 그녀 손에 입을 맞추었다. 그러고 나서 나는 대화를 시도했고, 그녀의 이름이 위나란 걸 알게 되었다. 그 뜻은 아직도 모르지만 왠지 그녀에게 어울리는 이름이라고 생각되었다. 그렇게 해서 우리의 야릇한 우정이 시작되었고 일주일간 지속되다가 끝났다. 곧 다시 말하겠지만!

그녀는 어린애와 똑같았다. 언제나 나랑 같이 있고 싶어 했고, 내가 가는 곳이면 어디든 따라가려고 했다. 그다음 탐험 때에 나를 따라나서더니 지칠 때까지 쫓아와서 내 마음을 아프게 했다. 그래서 결국 혼자 내버려 두면 애처롭게 나를 부르며 금방이라도 쓰러질 듯 뒤따라왔다. 하지만 이 세계의 의문을 푸는 게 우선이었다. 나는 소꿉장난 같은 연애질이나 하려고 미래를 찾아온 게 아니었다. 그럼에도 혼자 남겨진 그녀의 괴로움은 너무 컸고 헤어질 때의 간곡한 만류는 가끔 광란에 가까웠다. 그녀의 헌신이 내게 위안이 된 만큼 골치를 썩인 것도 사실이었다. 그럼에도 그녀는 내게 엄청난 위안을 주었다. 그녀가 내게 매달리는 건 어린애 같은 애착의 발로에 지나지 않는다고 나는 생각했다. 혼자 내버려 두는 게 그녀에게 무슨 짐을 지우는 행위인지 확실히 알았을 때는 너무 늦었다. 그녀가 내게 어떤 존재였는지 분명히 깨달았을 때는 이미 너무 늦었다. 그저 나를 좋아하는 것 같고 나약하고 시시하게 나를 걱정해 준 것뿐인데 머잖아 그 인형 같은 작은 생명체는 흰 스핑크스 옆집으로 돌아오는 내게 가정으로 귀가하는 것 같은 기분을 느끼게 해주었다. 등성이를 넘어서기가 바쁘게 나는 하양과 금빛 옷을 입은 그녀의 자그마한 몸뚱이가 어디 있는지 눈으로 찾게 되었다.

공포심이 아직 이 세계에서 사라진 게 아니라는 사실도 그녀에게서 배웠다. 그녀는 낮 시간에는 전혀 두려움을 몰랐고 이상하리만치 나를 신뢰했다. 한번은 내가 이성을 잃고 잠깐 험악한 표정을 지어 보였을 때도 깔깔 웃을 정도였다.

하지만 어둠이나 그림자, 검은 것들을 무서워했다. 어둠은 그녀가 무서워하는 유일한 것이었다. 유난히 격렬한 감정이라 나는 그것을 여러모로 생각하고 관찰했다. 이와 관련해 소인들에겐 몇몇 특징이 있었다. 어두워지면 다들 대저택들로 모여들어 떼를 지어 잠을 잤고, 내가 불빛을 들지 않고 그들의 거처로 들어가기라도 하면 무서워서 한바탕 소동을 피웠다. 해가 지고 나서는 야외에 홀로 있는 사람을 보지 못했고 실내에서 혼자 자는 사람을 보지 못했다. 그 공포심으로부터 아무것도 배우지 못했을뿐더러 위나가 무서워하는데도 잠자는 소인들 무리로부터 멀찍이 벗어나서 잠자기를 고집했으니 나도 어지간한 얼간이가 아니었다.

그녀는 그것 때문에 몹시 괴로워했지만 결국에는 나를 향한 이상한 애정을 이기지 못하고 마지막 밤까지 포함해 나와 사귄 닷새 밤을 내 팔을 베고 잠잤다. 그녀에 대해 말하다 보니 얘기가 옆길로 샜다. 그녀를 구해 준 전날 밤인 걸로 기억되는데 새벽녘에 잠을 깼다. 몹시 불쾌한 꿈을 꾸고 잠을 설친 것이다. 꿈속에서 내가 물에 빠졌는데 말미잘의 부드러운 촉수가 얼굴을 쓰다듬는 바람에 흠칫 깨어난 나는 어떤 희끄무레한 동물이 황급히 막 침실을 빠져나가는 기이한 환상을 보았다. 다시 잠들려고 했지만 기분이 뒤숭숭하고 언짢았다. 사물이 어둠 속에서 서서히 모습을 드러내는 어슴푸레한 시각이었다. 만물이 무채색으로 또렷이 드러나는, 비현실로 느껴지는 그런 시각이었다. 나는 일어나서 식당 홀로 나가 궁전 앞 포석으로 나왔다. 어차피 잠은 글렀고 해돋이나 보리라 마음먹었다.

달이 지고 있었다. 달빛이 스러지고 첫새벽이 기어들며 유령 같은 미명이 퍼지고 있었다. 덤불은 잉크가 묻어날 듯한 암흑이고 땅은 어둠침침한 회색이고 하늘은 음울한 무채색이었다. 언덕배기에 유령들이 서성이는 것 같았다. 비탈을 눈여겨보니 하얀 형체들이 여러 차례 보였다. 두 번은 혼자 움직이는 흰 형체를 보았는데 원숭이처럼 생긴 생물로, 꽤 빠르게 언덕을 뛰어올랐다. 그리고 한번은 폐허 근처에서 어떤 검은 물체를 나르는 그들 셋을 보았다. 그들은 허둥지둥 움직였다. 그들이 어디로 갔는지는 보지 못했지만 덤불 속으로 사라진 듯했다. 새벽은 여전히 희끄무레했기 때문이다. 나는 여러분들이 잘 아는 서늘하고 모호한 새벽 기분을 느끼고 있었다. 나는 내 눈을 의심했다.

동녘 하늘이 점점 밝아지고 햇빛이 비쳐들어 세상을 또 한 번 선명하게 채색하자 나는 그 언덕을 꼼꼼히 살폈다. 그러나 그 흰 형체들의 자취는 보이지 않았다. 그들은 그저 미명의 존재들이었다. 나는 혼잣말을 했다.

"유령임에 틀림없어. 도대체 어느 시대 유령일까."

문득 그랜트 앨런[27]의 요상한 견해가 떠올라 유쾌해졌다. 각각의 세대가 죽어 유령으로 남는다면 마침내 온 세상은 유령으로 넘쳐날 것이라고 그는 주장했다. 그 가설대로라면 80만 년 뒤에는 유령이 무수해질 것이고 따라서 한꺼번에 유령 넷을 보더라도 별로 놀랄 일이 아니었다. 그러나 그 농담에 만족할 수 없었던 나는 아침 내내 그 형체들을 생각하다가 위나를 구조하면서 그 생각을 떨치게 되었다. 나는 그 형체들을, 내가 처음 타임머신을 열심히 수색하다가 마주친 하얀 동물과 막연하게 결부해 생각했다. 하지만 위나와 노는 게 훨씬 기분 좋았다. 그러나 나는 머잖아 그 형체들에게 마음을 송두리째 빼앗기게 되었다.

이 황금시대의 날씨가 우리 시대보다 훨씬 덥다는 것은 이미 말한 듯하다. 그 까닭은 모르지만 아마도 태양이 더욱 뜨거워졌거나 지구가 태양에 가까워진 탓인지도 몰랐다. 태양이 미래에는 점점 식을 것이라고 추측하는 게 보통이다. 그러나 다윈 2세[28]의 견해를 들어본 적 없는 사람들은 행성들이 궁극에 가서는 하나하나씩 모체(母體) 별로 돌아가서 소멸한다는 것, 이러한 파멸이 일어날 때마다 태양이 새로운 에너지로 불타오른다는 것을 잘 모르고 있다. 그러니까 태양과 가까운 어떤 행성이 이런 최후를 맞이한 뒤였는지도 모른다. 원인이야 어쨌든 우리 시대보다는 훨씬 더 뜨거운 태양임에 분명했다.

어느 무더운 아침, 나흘째 되는 날인 것 같다. 내가 먹고 자고 하는 대저택 근처의 거대한 폐허 속에서 열기와 햇빛을 피하려던 와중에 이상한 일이 일어났다. 석재 무더기를 기어오르다가 어떤 좁다란 회랑이 눈에 띄었다. 그 끄트머리와 측면 창들은 무너진 돌 더미에 막혀 있었다. 눈부신 바깥과 대비되어 그 안은 칠흑 같은 어둠이었다. 나는 손으로 더듬어 들어갔다. 빛 속에서 어둠 속으로 들어서니 눈앞에 알록달록한 반점이 아른거렸다. 돌연 나는 얼어붙었다. 한 쌍의 눈알이 바깥 햇빛을 반사하며 어둠 속에서 나를 지켜보고 있었다.

야수를 두려워하는 오랜 본능이 깨어났다. 두 주먹을 불끈 쥐고 흔들림 없이 나는 번쩍이는 눈알을 쏘아보았다. 돌아서기가 두려웠다. 인류가 누리는 것 같았던 완벽한 안전이 번쩍 떠올랐다. 그리고 어둠을 이상스레 무서워하는 소인들의 습성도 기억났다. 두려움을 어느 정도 물리치며 나는 한 걸음 다가가 입을 열었다. 고백하지만 내 목소리는 서걱거리고 떨렸다. 한 손을 내밀어 어떤 부드러운 것을 건드렸다. 대번에 그 두 눈이 옆으로 튀더니 하얀 것이 내 옆을 지나 달렸다. 나는 질겁해서 돌아섰다. 원숭이처럼 생긴 작고 기묘한 형체가 희한하게 고개를 수그린 채 뒤편 햇빛 공간을 가로질러 달렸다. 화강암 덩어리에 휘청 부딪히더니 옆으로 비틀비틀하다가 또 다른 석재 잔해 더미 밑 검은 그늘 속으로 순식간에 사라졌다.

내가 불분명하게 보았을 수도 있지만, 그것은 흐릿한 흰

색이었고 이상스레 큰, 회색빛 도는 붉은 눈을 하고 있었다. 게다가 머리에 아맛빛 털이 났고 등에 잔털이 나 있었다. 그러나 분명히 말하지만 그게 너무 빨리 움직이는 바람에 나는 또렷하게 볼 수 없었다. 네발로 달렸는지 아니면 그저 두 팔을 낮게 늘어뜨리고 달렸는지조차도 모르겠다. 잠시 뒤에 나는 그것을 뒤따라 또 하나의 잔해 더미 속으로 들어갔다. 놈은 보이지 않았다. 잠시 뒤에 깊은 어둠 속에서 이미 말한 바 있는 우물의 둥근 아가리 같은 것을 발견했다. 그것은 무너진 기둥에 반쯤 덮여 있었다. 문득 스치는 생각이 있었다. 이 수직굴 속으로 놈이 사라졌단 말인가? 나는 성냥불을 켜서 굴속을 들여다보았다. 작고 하얀, 움직이는 생물이 있었다. 내려가면서 큼직한 밝은 눈으로 나를 계속해서 쏘아보았다. 나는 몸이 부르르 떨렸다. 놈은 거미 인간과 흡사하게 우물 속을 기어 내려가고 있었다! 비로소 나는 손발 디딤쇠들이 사다리처럼 굴 아래로 내리뻗어 있음을 보았다. 성냥불이 내 손가락을 데게 하고는 떨어져 꺼졌다. 다시 성냥을 켰을 때 그 작은 괴물은 사라지고 없었다.

얼마나 오랫동안 우물을 들여다보고 앉아 있었는지 모르겠다. 한동안은 내가 본 게 인간이란 걸 믿을 수 없었다. 그러나 차츰 진실을 알게 되었다. 인류는 결국 하나의 종만 남은 게 아니라 두 가지 동물로 확연히 분화한 것이다. 지상의 우아한 작은 이들만이 우리의 후손인 것은 아니었다. 내 앞에서 눈을 번쩍인 그 창백하고 혐오스러운 야행성 생물 또한 전(全) 세대의 자손이었다.

나는 아지랑이 피우는 기둥들이 지하 통풍구라는 내 가설을 돌이켰다. 정말로 그럴까 의심스러워졌다. 그 여우원숭이 족속은 완벽히 조화로운 사회제도 안에서 무슨 역할을 떠맡고 있을까? 그들은 아름다운 지상인의 나태한 안락과 무슨 관계가 있을까? 저 굴 밑바닥에는 무엇이 감추어져 있을까? 나는 우물 가장자리에 걸터앉아, 여하튼 무서워할 건 아무것도 없다, 의문들을 해결하려면 이리로 내려가야 한다고 혼자 중얼거렸다. 그래도 내려가는 건 정말 무서웠다! 그렇게 망설이고 있는데 아름다운 지상인 두 명이 연애 놀이를 하며 햇빛을 가로질러 그늘 속으로 뛰어 들어왔다. 남자가 여자를 뒤쫓으며 꽃을 여자에게 던졌다.

무너진 기둥에 한 팔을 기대고 우물을 들여다보는 나를 발견하고서 그들은 두려운 기색을 했다. 우물 구멍을 입에 올리는 짓은 예의가 아닌 게 분명했다. 내가 우물을 가리키며 소인들의 언어로 그것에 대한 질문을 띄엄띄엄 시도하자 그들이 더욱 두려운 기색을 띠고 돌아섰기 때문이다. 하지만 내 성냥에는 흥미를 보였다. 몇 개비를 켜서 그들을 재미있게 해주었다. 우물에 대한 질문을 다시 시도했지만 또 실패했다. 이윽고 나는 그들을 떠났다. 위나에게로 돌아가서 그녀에게 물어볼 작정이었다. 그러나 벌써 내 머릿속은 격변을 일으키고 있었다. 각종 억측과 이미지 들이 밀려들어 새 가설을 세우고 있었다. 나는 이제 이 우물의 의미며 환기구 첨탑과 유령들의 수수께끼에 대한 단서를 쥐고 있었다. 청동문의 의미와 타임머신을 잃어버린 불운에 대한 힌트를 쥔 것은 말할 것도 없다! 나를 어리둥절하게 했던 경제문제를 밝힐 실마리도 아주 흐릿하게나마 잡을 수 있었다.

새 견해란 이랬다. 인류의 이 두 번째 종은 지하인임이 분명했다. 그들의 드문 지상 출현은 오랜 지하 습성의 결과임을 나는 다음 세 가지 정황으로 추측했다. 첫째, 주로 어둠 속에서 사는 짐승 같은 창백한 안색을 하고 있었다. 예를 들면 켄터키 주 동굴에 사는 흰 물고기가 그렇다. 둘째, 빛을 반사하는 그 큼직한 눈은 야행성 생물의 공통점이다. 올빼미와 고양이를 보라. 마지막으로, 햇빛 속에서 명백히 당황한 점, 재빠르게 그러나 우왕좌왕 꼴사납게 어두운 그늘 쪽으로 달아난 점, 햇빛 속에서 고개를 특이하게 수그린 자세……. 이 모두가 그들의 망막이 극도로 예민하다는 가정을 뒷받침한다.

그렇다면 내 발밑 땅속에 터널들이 엄청나게 뚫려 있고 그 터널들이 이 두 번째 종의 서식지라는 말이 된다. 언덕 비탈 곳곳에 존재하는 환기 기둥과 우물들(강 유역을 제외하곤 없는 데가 없었다.)로 미루어볼 때 터널 망이 얼마나 널리 뻗어 있는지 알 수 있었다. 낮에 활동하는 인종의 안락에 필요한 작업이 그 인공 지하 세계에서 이루어진다고 추측하는 것은 지극히 자연스러웠다. 이 관점은 너무나 그럴싸해서 대번에 받아들이고 나는 어쩌다 인종이 이렇게 갈라졌는지 추리를 이어 나갔다. 내 추론의 대강을 여러분도 짐작할 것이다. 그러나 나는 이것이 진실에 한참 못 미친다는 것을 이내 자각하게 되었다.

먼저 우리 시대의 문제로부터 유추해 보면, 자본가와 노동자 사이에 현존하는 일시적인 신분 차이에 불과한 격차가 점차 벌어져 그런 전반적 상황을 조성했을 것이 불 보듯 뻔했다. 여러분에겐 참으로 기괴해 보이리라. 그래서 도무지 믿기지 않으리라! 하지만 지금도 그런 상황의 단초를 엿볼 수 있다. 그다지 장식이 필요치 않은 문명의 이기에 지하 공간을 활용하는 경향이 있지 않은가. 예를 들면 런던에 도시 지하철이 있고 새로운 전기철도며 지하 통로, 지하 작업장, 지하 식당이 있는데 이것들은 다양하게 늘어나고 있다. 이런 추세가 계속되어 노동자들이 점차 본연의 지상권을 잃어버린 것이 틀림없다고 나는 생각했다. 점점 깊이깊이 내려가서 점점 더 큰 공장에서 더욱 많은 시간을 보내다가 결국에는……! 지금도 이스트엔드[29] 노동자들은 지상의 자연으로부터 격리되어 사실상 그런 인공적인 환경에서 살고 있지 않은가.

또한 부유한 사람들은 자신의 이익을 위해 지상의 땅 상당 부분을 배타적으로 독점하고 있다. (이 배타적 성향은 교육을 많이 받은 그들의 높은 교양 때문에, 그리고 가난한 사람들의 무례한 야만과의 격차가 벌어진 데서 비롯된 게 틀림없다.) 이를테면 런던 근교의 빼어난 대지 절반쯤은 침입을 방지하려고 이미 둘러막은 상태다. 부유층의 고등교육 과정의 기간과 비용이 증가하고 교양 있는 생활양식에 더욱 매혹되고 그것을 위한 설비가 더욱 늘어나는 데서 비롯되는 이 같은 격차가 더욱 벌어지면, 계급 간 교류라든지 오늘날 사회 계급 혈통에 따른 인종 분화를 지연하는 계급 간 결혼의 용인이 점점 감소할 것이다. 그래서 결국에 지상에는 즐거움과 편안함과 아름다움을 추구하는 '가진 자들'이 살게 되고, 지하에는 자신들의 노동환경에 끊임없이 적응해 가는 노동자들, 즉 '못 가진 자들'이 살게 될 것이다. 한번 지하에 살게 되면 만만찮은 굴집 환기 비용을 내야 하리라. 그 비용을 내지 못한다면 굶주리고, 연체하면 숨이 막히리라. 허약하거나 반항하는 자들은 죽으리라. 그래서 결국에는 영구한 균형이 이루어져 생존자들은 지하 생활환경에 잘 적응해 나가고 나름대로 행복하게 살게 된다. 지상인들은 또 그들 나름대로 적응해 간다. 그리하여 세련된 아름다움과 누렇게 뜬 파리함의 대조가 자연스레 뒤따를 것으로 보였다.

    내가 꿈꾼 인류의 위대한 승리는 다른 양상으로 머릿속에 그려졌다. 내가 상상한 윤리 교육과 공동 협력의 승리가 아니었다. 대신 내가 본 것은 완벽한 과학으로 무장한, 오늘날 산업 체계의 당연한 귀결로서의 참다운 귀족 사회였다. 그 정복은 그저 자연의 정복이 아니라 자연과 동종 인간에 대한 정복이었다. 이것은 당시 내 추론에 불과하다는 사실에 유의하기 바란다. 나는 유토피아를 다루는 책에 자주 나오는 편리한 관광 안내인을 두고 있지 않았다. 내 분석이 완전히 틀렸을지도 모르지만 그래도 제일 그럴듯한 분석이라고 생각하고 있다. 이런 추정에서조차도, 마침내 도달한 조화로운 문명은 오래전에 그 절정을 지났고 지금은 한참 쇠퇴하고 있는 듯 보였다. 지상인들의 너무나 완전한 안정성은 그들의 점진적인 퇴보를 가져와서 몸집과 힘, 지력이 전반적으로 줄어들었다. 나는 이미 그것을 두 눈으로 똑똑히 보았다. 지하인들에게 무슨 일이 생겼는지는 짐작이 되지 않았다. 하지만 내가 '몰록'(지하인들은 이 이름으로 불리고 있었다.)들을 본 바에 의하면, 그들의 인간성 변형이 '엘로이'(내가 이미 아는 그 아름다운 종족)들에 비해 훨씬 심한 듯했다.

그리고 나서 골치 아픈 의문들이 떠올랐다. 몰록은 왜 내 타임머신을 가져간 걸까? 그것을 가져간 게 그들임을 나는 확신했다. 그리고 엘로이가 지배자라면 왜 그들은 그 기계를 나에게 되찾아 주지 못하는 걸까? 그리고 왜 그들은 어둠을 그렇게 무서워할까? 이미 말했듯이 나는 위나에게 가서 지하 세계에 대해 질문을 했지만 실망스럽기는 마찬가지였다.

처음엔 질문을 이해하지 못하다가 이윽고 대답하길 거부했다. 그 화제를 못 참겠다는 듯 부르르 떨었다. 내가 좀 거칠게 몰아붙였는지 와락 눈물을 쏟아냈다. 내 눈물을 제외하면 그 황금시대에 내가 본 유일한 눈물이었다. 그 눈물을 본 나는 몰록에 대한 질문을 갑자기 그만두고 위나의 눈에서 흐르는 인간 유산의 징표를 그치게 하는 데 전념했다. 내가 진지하게 성냥개비를 태우자 그녀는 금방 방긋 웃으며 손뼉을 쳤다.

6

 이상하게 들릴지도 모르지만 내가 새로운 실마리를 명쾌하고 적절한 방식으로 뒤쫓아 나선 것은 이틀 뒤였다. 그 핏기 없는 몸뚱이들이 이상스레 꺼려졌던 것이다. 그들은 동물 박물관에서 볼 수 있는, 에탄올에 보존된 벌레같이 반쯤 표백된 색깔을 띠고 있었다. 그들을 건드리면 더럽고 차가운 느낌이었다. 그 거리낌은 주로 엘로이와의 교감에서 비롯된 듯싶었다. 몰록에 대한 그들의 혐오감이 이해되기 시작했다.
 다음 날 밤 나는 잠을 잘 이루지 못했다. 몸에 탈이 생긴 모양이었다. 당혹과 의혹에 짓눌렸다. 두어 번쯤 특별한 이유 없이 격심한 두려움에 시달렸다. 달밤에 소인들이 자고 있는 큰 홀에 내가 가만가만 들어가며 (그날 밤 위나는 그 소인들과 함께 있었다.) 그들의 모습을 보고 안심했던 게 기억난다. 그때 벌써 이런 생각이 들었다. 며칠이 지나면 달은 하현을 지나 밤이 캄캄해지고 그러면 지하에서 그 혐오스러운 생물들이, 표백된 여우원숭이들이, 옛것을 대체한 그 신종 족제비들이 더욱 빈번히 출현하리라 생각되었다. 그 이틀간 나는 불가피한 의무를 회피하는 듯한 초조함에 휩싸였다. 타임머신을 되찾으려면 지하의 수수께끼를 과감하게 돌파하는 수밖에 없다고 확신했다. 그럼에도 그 수수께끼를 맞대하기가 두려웠다. 동료가 있었더라면 좀 달랐을지도 모르겠다. 나는 철저히 혼자였다. 어두운 우물 속으로 기어 내려가는 것조차 등골이 오싹했다. 여러분이 내 기분을 이해할는지 모르겠지만 등 뒤가 몹시 불안한 느낌을 떨칠 수 없었다.

이 초조감과 불안감 때문에 어쩌면 내가 원정을 더욱 멀리까지 나갔는지 모르겠다. 지금은 쿰우드[30]라 불리는 남서쪽 고지대로 향하면서 19세기의 반스테드 쪽으로 멀리 어떤 거대한 녹색 건축물이 바라다보였다. 내가 여태까지 본 것과는 생김새부터 달랐다. 그 어느 궁전이나 잔해보다도 더욱 큰 그것의 정면은 동양식이었다. 겉면은 중국 도자기 비슷하게 광택이 나고 연초록 혹은 청록색을 띠고 있었다. 생김새가 다르니 쓰임새도 다를 것 같아 내친걸음에 탐험하고 싶었다. 그러나 해가 기울고 있는 데다 여기저기 돌아다니느라 이미 지쳐 있어서 탐험을 이튿날로 미루기로 하고 돌아갔다. 귀여운 위나는 환영과 애무로 나를 맞이했다. 하지만 다음 날 아침, 나는 '청자기(靑瓷器) 궁전'에 대한 내 호기심이 사실은 꺼림칙한 의무를 차일피일 미루려는 일종의 자기기만임을 똑똑히 지각했다. 더 이상 시간을 낭비하지 않고 당장 우물 속을 내려가기로 결심한 나는 이른 아침 숙소를 나서서 화강암과 알루미늄 잔해 근처 우물로 향했다.

  귀여운 위나는 내 옆에서 달렸다. 우물로 가며 신 나는 듯 깡충거리다가 내가 상체를 수그리고 그 아가리 속을 들여다보자 이상스레 당황한 빛을 보였다.

  "다녀올게, 귀여운 위나!" 하고 입을 맞추고는 그녀를 내려놓았다. 그러곤 다시 그 안벽 위로 몸을 수그려 발 디딜 고리쇠를 찾아 더듬었다. 고백하자면 나는 좀 서둘렀는데 기껏 먹은 용기가 달아날까 봐 두려워서였다! 처음엔 놀란 표정으로 나를 지켜보던 그녀가 참으로 가련하게 부르짖으며 내게로 달려와서 그 조그마한 손으로 나를 끌어당기기 시작했다. 그녀의 반대가 도리어 내 용기를 북돋웠다. 좀 거칠게 그녀를 뿌리친 나는 다음 순간 우물 구멍 속에 있었다. 구멍 위로 그녀의 고통스러워하는 얼굴이 보였다. 나는 그녀를 안심시키려고 미소를 지었다. 그러고는 나를 매달고 있는 불안정한 고리쇠들을 내려다보았다.

  나는 수직굴을 180미터쯤 기어 내려가야 했다. 우물 내벽에 튀어나온 쇠고리에 의지해 내려갔는데 나보다 훨씬 작고 가벼운 생물의 용도에 맞춘 것이어서 나는 얼마 내려가지 못해 다리에 쥐가 나고 쉽게 지쳐버렸다. 그냥 지친 정도가 아니었다! 쇠고리 하나가 내 몸무게를 이기지 못해 갑자기 구부러지는 바람에 하마터면 저 아래 암흑 속으로 떨어질 뻔했다. 잠깐 동안 나는 한 손으로 매달려 있었다. 그 일을 겪은 뒤로는 두 번 다시 쉴 엄두를 못 내었다. 이윽고 팔과 등이 무척 아파왔지만, 나는 가급적 빨리 그 가파른 하강 통로를 기어 내려갔다. 위를 올려다보니 작은 푸른 원반 같은 우물 입구에 별 하나가 떠 있고, 귀여운 위나의 머리가 둥글고 검게 튀어나와 있었다. 덜커덩 덜커덩, 저 아래 기계 소리가 점점 커져 오자 가슴이 답답해졌다. 위쪽의 작은 원반을 제외하면 사방이 짙은 어둠이었다. 내가 다시 고개를 쳐들었을 때 위나는 보이지 않았다.

나는 불안해서 미칠 것 같았다. 지하 세계를 내버려 두고 굴을 다시 올라갈까도 생각했지만 그런 고민을 하는 순간에도 나는 내려가고 있었다. 마침내 반갑기 그지없게도 내 오른쪽 한 발쯤 되는 곳에 벽 안으로 뚫린 홀쭉한 구멍이 어슴푸레 드러났다. 그리로 훌쩍 뛰어든 나는 그곳이 좁은 수평 굴 어귀임을 알게 되었다. 나는 거기에 드러누워 쉬었다. 실로 얼마 만에 발견한 공간인가. 팔은 쑤시고 등에는 쥐가 났다. 지속적인 추락의 공포에 몸이 바들바들 떨렸다. 게다가 철통같은 어둠에 눈이 뻑뻑하니 아팠다. 수직굴로 공기를 빨아들이는 기계의 덜컹거림과 웅웅대는 소리가 사방을 울리고 있었다.

얼마나 오래 누워 있었는지 모르겠다. 웬 부드러운 손이 얼굴을 건드리는 바람에 깨어났다. 어둠 속에서 흠칫 일어나며 성냥을 잡아채어 급하게 한 개비 켰다. 지상의 폐허에서 보았던 놈과 비슷한, 꾸부정한 흰 생물 셋이 불빛을 보고 황급히 물러났다. 칠흑 같은 어둠 속에서 살다 보니 그들의 눈은 심해어의 눈처럼 비정상적으로 크고 예민했으며 불빛을 반사하는 방식도 같았다. 그들은 캄캄한 어둠 속에서도 나를 볼 수 있는 게 분명했다. 그리고 불빛을 제외하면 나를 전혀 무서워하지 않는 것 같았다. 그들을 보려고 다시 성냥을 긋자마자 그들은 후다닥 달아나 어두운 수로와 굴속으로 몸을 감추고 거기서 몹시 기이하게 나를 쏘아보았다.

그들을 외쳐 불렀지만 그들의 언어가 지상인들의 그것과는 다른 듯해서 나는 난국을 혼자 힘으로 헤쳐 나가야 했다. 탐험을 그만두고 달아나고 싶다는 생각이 그때에도 들었다. 하지만 나는 혼자 중얼거리며 굴속을 더듬어 나아갔다.

"여기까지 와서 포기할 순 없다."

기계 소리가 더욱 커졌다. 이윽고 양쪽 벽이 멀어지면서 넓은 공터가 나왔다. 성냥불을 켜보니 널찍한 아치형 터널에 내가 들어와 있었다. 성냥 불빛이 닿지 않는 저 안쪽에는 칠흑 같은 어둠이 도사리고 있었다. 나는 성냥 한 개비가 타는 동안에만 주위를 관찰할 수 있었다.

그러니 내 기억이 희미한 것도 당연하다. 어둠 속에서 큰 기계 같은 거대한 형체들이 드러났다. 그것들이 드리운 검은 그림자 속으로 유령 같은 몰록들이 불빛을 피해 어슴푸레하게 숨어 있었다. 그런데 그곳은 몹시 후텁지근하고 답답했다. 공기 중에 선혈의 비린내가 희미하게 떠돌고 있었다. 중앙으로 조금 저쪽에 하얀 금속의 작은 테이블 위에 음식 같은 게 놓여 있었다. 몰록들은 어쨌든 육식을 하고 있었던 것이다! 그때에도 나는 무슨 커다란 짐승이 살아남아서 그런 붉은 고기를 제공하는지 궁금해했던 게 기억난다. 모든 게 흐릿하기만 했다. 고약한 냄새, 크고 무뚝뚝한 형체들, 그림자 속에 도사린 혐오스러운 생물들은 불빛이 꺼지기만 하면 나를 다시 공격하려고 기다리고 있었다! 성냥개비가 다 타서 손가락을 데게 하고 암흑 속 빨간 점으로 몸부림치듯 떨어졌다.

그런 상황과 맞닥뜨린 나는 그 이후로, 어쩌면 이렇게도 준비를 부실하게 했을까 자주 후회했다. 타임머신을 타고 출발하면서 어리석은 추측을 일삼았다. 미래 인류는 모든 장비 면에서 우리를 월등히 앞설 게 분명하다고 생각하고도 무기도, 약품도, 담배 용구도 전혀 없이(가끔 담배를 지독히도 피우고 싶었다.), 심지어는 성냥도 넉넉히 챙기지 않은 채로 왔다. 코닥 카메라만이라도 가져왔다면 지하 세계 모습을 순식간에 찍어 한가한 때에 차분히 살펴볼 수 있었으련만! 그러나 실제로 거기에 서 있는 나에겐 자연이 준 두 손과 두 발과

치아, 그리고 달랑 남은 안전성냥 네 개비가 내 무기와 힘의 전부였다.

그 많은 기계들을 헤치고 어둠 속을 나아가기가 두려운 데다 방금 전 불이 꺼지기 직전에야 성냥이 얼마 남지 않았다는 사실을 알았다. 그때까지는 성냥을 아껴야 할 필요성을 전혀 못 느껴서 불을 마냥 신기해하는 지상인들을 놀래주겠답시고 성냥을 반 이상 허비했었다. 말했다시피 이제 내겐 네 개비가 남아 있었다. 그렇게 나는 어둠 속에 서 있었다. 어떤 손이 내 손을 건드리고 여윈 손가락들이 얼굴을 더듬었다. 무슨 특이하고 불쾌한 냄새가 났다. 나를 둘러싼 무서운 소물(小物)들의 숨소리가 들리는 듯했다. 손에 들고 있는 성냥갑을 가만히 빼내려는 놈이 있었다. 다른 손들이 뒤에서 옷을 잡아당겼다. 그 보이지 않는 생물들에게 조사당하는 기분은 형언할 수 없을 정도로 불쾌했다. 문득 그들의 사고며 행동 방식을 내가 전혀 모르고 있다는 사실이 어둠 속에서 아주 또렷하고 통렬하게 자각되었다. 나는 그들을 향해 힘껏 고함을 질렀다. 그들은 후다닥 물러났다가 다시 다가오고 있었다. 나는 그것을 느낄 수 있었다. 놈들은 이상한 소리를 속닥거리며 더욱 과감하게 나를 잡아챘다. 나는 사납게 뿌리치며 다시 고함을 질렀다. 좀 쉰 목소리였다. 이번에는 별로 놀라지도 않고 다시 다가오며 이상한 웃음소리를 냈다. 솔직히 말해서 나는 정말 무서웠다. 성냥 한 개비를 켜서 그 불빛을 방패 삼아 달아나야겠다고 마음먹었다. 성냥불을 켜고 호주머니에서 종이 한 장을 꺼내 이어 붙이고서 좁은 동굴까지 무사히 퇴각했다. 그러나 막 거기에 들어섰을 때 불이 바람에 꺼졌다. 암흑 속에서 몰록들이 서둘러 쫓아오는 소리가 들렸다. 바람에 부스럭대는 나뭇잎처럼, 후두둑 떨어지는 빗소리처럼 쫓아오고 있었다.

 순식간에 나는 여러 개의 손에 붙들렸다. 나를 끌어가려는 게 분명했다. 나는 또 성냥불을 켜서 휘둘렀다. 놈들이 눈부셔하며 고개를 외틀었다. 놈들이 얼마나 구역질 나는 마귀같이 생겼는지 여러분은 상상도 못 하리라. 창백하고 턱 없는 얼굴, 눈꺼풀 없고 큼지막하고 불그스름한 회색 눈이란! 앞 못 보고 당황해서 눈들을 멀뚱거리고 있었다. 하지만 살펴볼 겨를이 없었음을 단언한다. 나는 다시 퇴각했고 두 번째 성냥개비가 다 타자 세 번째 성냥개비를 켰다. 그게 끝까지 타들어 갈 즈음 수직굴에 면한 어귀에 다다랐다. 아래에서 쿵덕거리는 거대한 펌프 소리에 머리가 어지러워서 잠깐 그 끄트머리에 드러누웠다. 그러곤 돌출 쇠고리를 찾아 옆쪽을 더듬었다. 그러고 있는데 뒤쪽에서 두 발을 붙잡아 난폭하게 끌어당겼다. 나는 마지막 성냥을 켰으나 부주의하게 꺼뜨리고 말았다. 하지만 그때는 한 손이 쇠고리에 닿은 상태라 발을 격렬하게 뿌리쳐서 몰록의 손아귀로부터 빠져나와 재빠르게 수직굴을 기어올랐다. 놈들은 뒤에 남아 멀뚱히 쳐다보거나 나를 빤히 올려다보았다. 그런데 한 놈이 얼마간 따라오는 바람에 까딱했으면 구두를 전리품으로 빼앗길 뻔했다.

　올라가도 올라가도 끝이 없었다. 마지막 7, 8미터를 남겨 두고 극심한 욕지기에 시달렸다. 손을 놓지 않으려고 죽을힘을 다했다. 최종 3, 4미터는 바닥난 체력과의 치열한 싸움이었다. 여러 번 머리가 어찔어찔했고 그때마다 추락하는 느낌이었다. 마침내 어떻게 우물 아가리를 기어 넘어 휘청휘청 잔해 밖으로, 눈부신 햇빛 속으로 걸어 나왔다. 그러다 땅바닥에 엎어졌다. 흙조차 향기롭고 상쾌했다. 위나가 내 손과 귀에 입을 맞춘 것과 다른 엘로이들의 목소리가 들렸던 게 기억난다. 그리고 한동안 의식을 잃었다.

7

　이제 나는 한층 더 곤란한 상황에 직면해 있었다. 그전까지 밤마다 타임머신을 잃은 상실감에 괴로워했을지언정 기어코 탈출할 수 있으리라는 희망을 버리지 않았는데 이 새로운 발견으로 희망의 빛이 가물거렸다. 그전까진 소인들의 어린애 같은 단순함에 내 탈출이 지체되고 어떤 미지의 힘이 내 탈출을 방해하는 걸로만 생각했다. 그 미지의 힘이 무엇인지 알기만 하면 극복할 수 있을 것 같았다. 그러나 몰록의 구역질 나는 성질에는 전혀 새로운 요소, 그러니까 어떤 비인간적이고 사악한 면이 있었다. 나는 본능적으로 그들을 혐오했다. 이전에는 마치 구덩이에 빠진 기분이어서 어떻게 하면 구덩이를 빠져나갈까가 관심사였는데, 지금은 덫에 걸린 짐승이 되어 마냥 적수가 들이닥치기를 기다리는 심정이었다.

내가 두려워하는 적수는, 좀 의외겠지만, 초승달 어둠이었다. 위나가 이것을 가르쳐주었는데 한번은 '어두운 밤들'에 대해 알아듣지 못할 소리를 내게 늘어놓았다. 이제 '어두운 밤들'의 도래가 무엇을 뜻하는지 추측하는 것은 그리 어렵지 않았다. 달이 이지러지고 있었다. 밤마다 어둠의 시간이 조금씩 길어졌다. 이제 나는 지상의 소인들이 어둠을 무서워하는 까닭을 조금이나마 이해하게 되었다. 초승달 아래서 몰록들이 무슨 몹쓸 짓을 벌일지가 막연히 궁금했다. 이제 내 두 번째 가설이 완전히 빗나갔음이 확연해졌다. 지상인들은 한때 특권 귀족이었고 몰록들은 기계처럼 부려지는 하인들이었으리라. 하지만 그 시대는 오래전에 지나갔고 인류 진화의 결과인 그 두 종은 전혀 새로운 관계를 향해 나아가고 있거나 이미 그런 관계에 도달해 있었다. 엘로이들은 카롤링거 왕족들처럼 그저 아름답기만 한 쓸모없는 존재로 퇴화했다. 그들은 우연한 계제에 지상을 계속 차지하게 되었는데, 무수한 세대에 걸쳐 지하에서 살던 몰록들이 마침내 지상의 햇빛을 더 이상 견디지 못하게 되었기 때문이다. 그리고 몰록들이 지상인에게 의복을 지어주고 생활필수품을 공급하는 건 주인을 섬기던 옛 습성을 못 잊어서 그렇다고 나는 추리했다. 몰록들은 마치 말이 앞발로 땅을 차듯, 사람이 동물을 심심풀이로 죽이듯 그 일을 했다. 옛날에 소멸된 의무가 여전히 그 종족을 짓눌렀기 때문이다. 그러나 벌써 구체제가 일부나마 뒤집히고 있음이 명백했다. 그 섬약한 종족을 향해 네메시스[31]가 신속히 포복해 오고 있었다. 먼 옛날, 수천 세대 전에 인간은 동종 인간을 평온과 햇빛 바깥으로 내쳤다. 이제 그 동종 인간이 변이되어 돌아오고 있었다! 이미 엘로이들은 옛 감정 하나를 새로이 배우고 있었다. 공포를 다시 가까이하게 된 것이다. 불현듯 지하 세계에서 본 붉은 고기가 뇌리를 스쳤다. 어떻게 그 생각이 떠올랐는지 이상했다. 상념의 흐름을 타고 떠오른 게 아니라 외부의 질문으로 불쑥 나타난 것처럼 느껴졌다. 그 고기의 형태를 돌이키려고 애썼다. 왠지 낯익다는 생각이 막연했는데, 그게 무엇인지 그때로선 알지 못했다.

소인들은 정체불명의 공포 앞에 무기력했지만 나는 체질부터가 달랐다. 나는 공포 앞에 얼어붙지 않고 정체불명을 두려워하지 않는 우리 현재 시대, 그러니까 인류의 원숙기이자 전성기로부터 온 인간이었다. 적어도 내 한 몸은 지킬 수 있었다. 나는 더 지체하지 않고 무기와 (잠을 잘) 요새를 마련키로 했다. 내가 누워 잠잔 밤마다 어떤 놈들에게 노출되어 있었는지를 깨달으면서 자신감을 꽤 잃었었는데, 그런 방어 수단을 확보한다면 자신감을 되찾아서 이 낯선 세상에 맞설 수 있을 것 같았다. 놈들로부터 내 침대가 안전하다는 확신이 없는 한 다시는 잠을 이룰 수 없을 것 같았다. 그들이 벌써 나를 철저히 조사했을 것이라고 생각되자 두려움으로 몸서리쳐졌다.

그날 오후 템스 유역을 여기저기 돌아다녔지만 침입이 불가능해 보이는, 내 마음에 드는 장소는 없었다. 건물이며 숲들은 모두 능수능란한 등반가들인 몰록 종족이 (그 우물들로 판단해 보건대) 쉽게 드나들 수 있을 것 같았다. 그러다 청자기 궁전의 높다란 뾰족탑들과 그 외벽의 광택이 머릿속에 떠올랐다. 그래서 저녁에 위나를 어린아이처럼 어깨에 태우고 등성이들을 넘어 남서쪽으로 갔다. 그 거리가 12, 13킬로미터쯤 되는 줄 알았는데 족히 그 두 배[32]는 넘어 보였다. 처음에 그 궁전을 봤을 때는 안개 낀 오후라서 거리가 실제보다 훨씬 더 가깝게 보였었다. 게다가 구두 한 짝의 뒤축이 흔들거리고 바닥에 못 하나가 튀어나와서(실내에서 신는 편안한 낡은 신발이었다.) 나는 절뚝이며 걸었다. 해가 지고도 한참 뒤에야 엷은 노란빛 하늘을 배경으로 검은 윤곽을 드러낸 청자기 궁전이 눈에 들어왔다.

내가 처음 위나를 어깨에 태워줄 때만 해도 그녀는 무척 기뻐했었다. 나중에는 내려달라고 해서 옆에서 깡충거리며 가끔 양옆으로 뛰어가서 꽃을 꺾어 내 호주머니에 꽂아주곤 했었다. 위나는 내 호주머니를 늘 궁금히 여기다가 마침내 꽃 장식용 별종 화병으로 결론 내린 모양이었다. 어쨌든 그녀는 내 호주머니를 그런 용도로 사용했다. 그리고 보니 생각이 난다! 윗옷을 갈아입다가 이걸 발견했는데…….

(시간 여행자는 호주머니에 손을 넣어 시든 꽃 두 송이를 가만히 꺼내 작은 테이블 위에 놓았다. 무척 큰 흰 당아욱꽃과 비슷했다. 그리고 얘기를 계속했다.)

저녁의 고요가 세상을 내리덮는 가운데 우리는 그 산등성이를 넘어 윔블던[33] 쪽으로 갔다. 피곤해진 위나는 회색 돌집으로 돌아가고 싶어 했다. 하지만 나는 저 멀리 청자기 궁전의 뾰족탑들을 가리켜 보이며 저리로 피신하면 공포에서 벗어날 수 있다고 그녀를 달랬다. 땅거미가 몰려오기 전 만물에 내려앉는 그 위대한 순간을 아는가? 숲 속 산들바람조차 숨이 멎는 그 순간을. 그 저녁의 정적은 언제나 내 가슴을 설레게 한다. 하늘은 맑고 높고 드넓었다. 석양은 이미 넘어가고 지평선에는 붉은 띠가 몇 줄 가느다랗게 걸렸다. 그날 저녁 내 설렘에는 두려움이 스멀거렸다. 어두워지는 적막 속에서 내 의식이 이상스레 예민해졌다. 발을 딛고 있는 땅속이 텅 빈 듯 느껴졌다. 그 공동(空洞)이 들여다보이는 듯했다. 몰록들이 개미굴을 이리저리 오가며 어둠을 기다리고 있는 듯했다. 그들의 소굴을 침입한 내 행위를 그들이 선전포고로 받아들일 거라고 나는 흥분결에 생각했다. 그런데 타임머신은 왜 가져갔을까?

우리는 고요 속을 나아갔다. 어스름이 짙어져서 어둠이 되었다. 푸른 하늘이 사라지고 별이 하나둘 돋았다. 땅은 어둑해지고 숲은 어두컴컴해졌다. 위나의 공포와 피로가 더해

갔다. 나는 그녀를 안아 올려 말을 걸고 애무해 주었다. 어둠이 깊어가자 그녀는 두 팔을 내 목에 두르고 눈을 감으며 얼굴을 내 어깨에 꼭 붙였다. 그렇게 우리는 비탈을 한참 내려가 계곡에 이르렀다. 거기서 하마터면 어두워서 개울에 빠질 뻔했다. 개울을 건너서 맞은편 비탈을 올랐다. 소인들 집을 몇 채 지나고 어떤 조각상을 지나쳤다. 파우누스[34] 비슷한 상이었는데 머리가 떨어져 나가고 없었다. 여기에도 아카시아 나무가 있었다. 여기까지 오면서 몰록을 전혀 보지 못했다. 아직 초저녁인 데다 이지러지는 달이 솟는 어둠의 시간은 아직 멀었다.

다음 등성마루에 올라서니 울창한 숲이 검게 쫙 펼쳐져 있었다. 이 광경을 보고 나는 망설여졌다. 좌우로 숲은 끝이 없었다. 지치고 특히 발이 몹시 아파서 걸음을 멈추며 나는 위나를 조심스레 어깨에서 내려놓았다. 그리고 잔디밭에 앉았다. 이제 더는 청자기 궁전이 보이지 않았다. 방향을 잘못 잡은 듯했다. 울창한 숲을 내려다보며 그 속에 무엇이 감추어져 있을까 생각했다. 저토록 빽빽한 나뭇가지 속에서라면 별을 보지 못하리라. 별다른 위험이 도사리고 있지 않는다 해도 (어떤 위험인지는 상상하고 싶지 않았다.) 나무뿌리에 발이 걸리고 나무줄기에 부딪힐 우려가 무시로 있었다.

낮 시간의 노고로 몹시 지쳐 있기도 해서, 나는 그 숲에 도전하느니보다 탁 트인 등성마루에서 밤을 보내기로 작정했다. 위나는 다행히도 깊이 잠들어 있었다. 그녀를 내 윗옷으로 살며시 감싸고 나서 옆에 앉아 달돋이를 기다렸다. 산허리는 고요하고 쓸쓸했다. 이따금 검은 숲 속에서 생명체들의 부스럭거림이 들려왔다. 하늘에 별빛이 반짝였다. 그지없이 맑은 밤이었다. 반짝이는 별빛에 친숙한 평온이 느껴졌다. 그러나 옛 별자리들은 하늘에서 하나도 보이지 않았다. 인간이 일백 번 태어나고 죽는 동안에는 알아차릴 수 없는 점진적인 변화가 거듭되어 이미 오래전에 별들은 낯설게 무리 지어 있었다. 하지만 은하수는 여전히 옛날처럼 우주진(宇宙塵)의 강물로 갈래갈래 흐르고 있었다. 남쪽(으로 판단되는) 하늘에 처음 보는 휘황한 붉은색 별 하나가 있었는데 우리 시대의 초록빛 시리우스[35]보다도 더 찬란했다. 그 모든 반짝이는 별빛 중에서 밝은 행성 하나가 옛 친구의 정겨운 얼굴처럼 변함없이 빛나고 있었다.

별들을 쳐다보고 있자니 불현듯 내 근심과 온갖 중요한 세상사들이 사소하게만 느껴졌다. 별들까지의 무한한 거리와, 미지의 과거에서 미지의 세계로의 느리지만 어김없는 별들의 방랑을 생각했다. 지구의 양극이 그리는 대(大)세차회전[36]을 생각했다. 내가 건너지른 무수한 세월 동안 그 조용한 회전은 겨우 40회밖에 일어나지 않았다. 그 얼마 안 되는 회전이 일어나는 동안 인류의 온갖 활동이며 온갖 전통이며 복잡한 조직, 국가, 언어, 문학, 염원, (내가 아는) 인류에 대한 하찮은 기억까지 종말을 고했다. 그 대신 남은 것은 숭고한 조상들을 까맣게 잊어버린 이 연약한 소인들과 내가 겪은 공포의 하얀 생물들이었다. 그리고 그 두 종 사이에 존재하는 커다란 공포를 생각했다. 별안간 몸이 부들부들 떨렸다. 내가 봤던 그 고기가 무엇이었는지 비로소 확연히 깨달았다. 너무나 무서웠다! 옆에서 자고 있는 귀여운 위나를 바라보았다. 그녀의 하얀 얼굴은 별하늘 아래 별 같았다. 나는 황급히 이 불길한 상상을 털어냈다.

기나긴 밤 내내 나는 가급적 몰록을 생각하지 않으려 애썼다. 새로운 별자리 질서 속에서 옛 별자리 흔적을 찾는 게 헛수고인 줄 알면서도 그렇게 시간을 보냈다. 하늘은 그지없이 맑았고 안개구름은 한두 점뿐이었다. 이따금 깜박 졸았다. 한참 밤새움을 하자 동녘 하늘이 무채색 불빛을 받은 양 희미하게 밝아왔다. 그리고 이지러지는 달이 떴다. 야위고 뾰족하고 하얀 달이었다. 곧이어 달을 집어삼키고 압도하며 새벽이 찾아왔다. 처음엔 창백했으나 머잖아 분홍빛으로 따뜻하게 물들었다. 몰록은 나타나지 않았다. 그날 밤 그 등성이에선 몰록을 하나도 보지 못했다. 새날을 맞아 자신감을 되찾자 이전의 공포가 터무니없이 여겨졌다. 나는 일어섰다. 뒤축이 헐거운 신짝의 발목이 부어 있었고 발꿈치가 쑤셨다. 나는 다시 앉아 신발 두 짝을 벗어 내던졌다.

위나를 깨워서 숲으로 내려갔다. 이제는 검고 음산한 숲이 아니라 초록빛의 상쾌한 숲이었다. 어떤 과일을 발견해서 그것으로 아침 식사를 대신했다. 곧이어 섬약한 소인들과 마주쳤다. 그들은 마치 밤이라는 게 애당초 없었다는 듯 햇살 속에서 웃고 춤추고 있었다. 그 광경에 나는 예전에 봤던 붉은 고기를 새삼 떠올렸다. 그것이 무엇이었는지 이제 확실하게 알게 된 나는 인류의 대홍수 뒤에 남은 마지막 세류(細流) 같은 이 나약한 종족들에게 가슴 깊은 연민을 느꼈다. 인류가 쇠퇴하던 먼 옛날 어느 시점에 몰록의 먹을거리가 바닥난 모양이었다. 그래서 쥐나 족제비 같은 해수(害獸)를 먹으며 한동안 살았으리라. 사실 현재에도 인간은 과거보다 음식을 훨씬 덜 가리고 골고루 먹는다. 원숭이와 비교해도 인간은 못 먹는 게 없다. 인육을 먹어선 안 된다는 인간의 선입견은 그리 뿌리 깊은 본능이 아니다. 그래서 인류의 마귀 같은 후손들은 결국……! 나는 그 현상을 과학적으로 고찰하려고 애썼다. 어쨌든 비인간적인 몰록들은 삼사천 년 전의 우리네 식인 조상들보다도 훨씬 먼 종족이었다. 이런 사태를 통감해야 할 지성은 사라지고 없었다. 그런데 내가 왜 골머리를 썩어야 하나? 개미 같은 몰록들에 의해 보존되었다가 나중에 잡아먹히는 이 엘로이들은 살찌운 축우와 다를 바 없다. 어쩌면 품종개량까지 되고 있는지도 모른다. 그런데 위나는 무엇이 신 나는지 옆에서 춤을 추고 있었다!

　나는 그것을 인간의 이기심에 대한 냉혹한 벌이라고 여김으로써 나에게 밀려오는 공포심을 물리치려고 애썼다. 동종 인간의 노동 위에서 안락과 즐거움을 누리고 살면서 인간은 '불가피성'을 슬로건으로 내세우고 핑계 삼았다. 바야흐로 때가 되자 그 '불가피성'은 그들에게로 되돌아왔다. 퇴화하는 이 가련한 귀족에게 나는 칼라일[37]류의 혹평까지 서슴지 않았다. 하지만 이런 마음가짐으로 일관할 수는 없었다. 엄청난 지적 퇴보에도 불구하고 엘로이들은 사람의 모습을 너무 많이 간직하고 있어서 나는 동정하지 않을 수 없었고, 그들의 퇴보와 공포에 공감하는 도리밖에 없었다.

그때는 딱히 어떻게 행동해야겠다는 방침이 섰던 건 아니었다. 우선은 안전한 피신처를 마련하고 금속이나 석재 무기를 재주껏 장만하는 게 급선무였다. 다음으로 불을 지필 도구를 손에 넣어 횃불 무기를 만든다면 몰록들에 맞서는 데 한결 효과적일 것이었다. 또 하얀 스핑크스 밑 청동 문을 부술 해머 같은 연장도 필요했다. 큰 불을 앞세우고서 그 문 안으로 들어가기만 한다면 타임머신을 되찾아 탈출할 수 있으리라고 믿어 의심치 않았다. 몰록들이 힘이 세서 타임머신을 멀리 옮겼으리라고는 생각되지 않았다. 나는 위나를 우리 시대로 함께 데려가겠다고 다짐했다. 그런 계획을 머릿속에 굴리면서 나는 내 멋대로 우리 거처로 정한 건물을 향해 걸음을 옮겼다.

8

정오 무렵에 청자기 궁전에 이르러 보니 황폐하게 버려진 건물이었다. 깨진 유리 조각만 창문에 남았고, 녹색 겉장식 판들은 부식한 금속 틀거리에서 떨어져 나갔다. 꽤 높은 잔디밭 언덕에 올라앉은 그 건물에 들어서기 전에 북동쪽을 바라보다가 나는 깜짝 놀랐다. 한때 완즈워스와 배터시[38]였음에 틀림없는 지점에 넓은 하구 혹은 만 같은 게 보였던 것이다. 문득 저 바닷속 생물들한테 무슨 일이 벌어졌을까, 아니 무슨 일이 벌어지고 있을까를 생각했다. 잠깐 스치는 생각에 불과했지만 말이다.

궁전의 재질을 살펴보니 진짜 자기였고, 그 전면에 알 수 없는 문자로 무슨 명(銘)을 새겨놓았다. 위나의 도움을 받으면 이것을 해석할 수 있겠다고 생각한 내가 어리석었다. 위나가 글을 쓸 줄 모른다는 사실만 확인했던 것이다. 그녀는 언제나 내게 '인간'으로 느껴졌는데 아마도 그녀의 애정이 인간적이어서 그랬던 것 같다.

큰 문짝 안에는 (문은 열린 채 부서져 있었다.) 통상적인 현관홀 대신, 많은 측창으로 빛이 들어오는 쭉 뻗은 회랑이 있었다. 첫눈에 박물관이 연상되었다. 타일 바닥엔 먼지가 두텁게 깔려 있었고, 온갖 진귀한 진열품들도 먼지를 허옇게 둘러쓰고 있었다. 실내 중앙에 기묘하고 앙상한 것이 서 있었는데 거대한 뼈대의 하반신이었다. 삐뚜름한 발로 봐서 메가테리움[39]의 뒤를 따라 멸종한 어떤 동물임이 분명했다. 두개골과 상반신 뼈는 그 옆에 자욱한 먼지를 덮어쓰고 놓여 있었는데, 천장 틈새로 빗물이 떨어진 한 군데가 마멸되어 있었다. 회랑 안쪽에는 브론토사우루스[40]의 거대한 뼈 무더기가 있었다. 박물관일 거라는 내 추측이 들어맞았다. 옆쪽으로 가니 경사진 선반 같은 게 있었다. 먼지 켜를 닦아내니 우리 시대의 낯익은 유리 상자가 드러났다. 그런데 내용물 일부가 온전히 보존된 걸로 봐서 밀폐 상태임이 확실했다.

조금 훗날의 사우스 켄싱턴 자연사 박물관 잔해 한가운데에 우리가 서 있는 게 분명했다! 여기는 고생물관으로 화석을 아주 훌륭하게 진열해 뒀던 모양이다. 한동안 막을 수도 있었던 고집스러운 부식 작용이 박테리아와 균류의 멸종으로 그 힘이 100분의 1로 줄어들었음에도 불구하고, 극도로 느리지만 그만큼 확실하게 모든 보물들에 다시 작용하고 있었던 것이다. 여기저기서 소인들의 자취를 발견했다. 진귀한 화석들이 산산조각 나 있거나 그것들이 줄로 꿰여 갈짚 위에 놓여 있었던 것이다. 유리 상자들이 좀 떨어진 곳으로 통째로 옮겨진 것은 몰록들의 짓이리라. 그곳은 아주 조용했다. 두터운 먼지 덕분에 우리의 발소리가 잦아들었다. 경사진 유리 상자 위로 성게를 굴리고 있던 위나가 주위를 두리번거리는 내 곁으로 와서 가만히 손을 잡았다.

처음에 나는 지적 시대의 이 고대 유적을 보고 너무 놀란 상태라 여기서 어떤 도움을 받을 수 있으리란 생각은 하지 못했다. 타임머신에 대한 집착까지도 잠시 떨치고 있었다.

건물 규모를 고려했을 때 이 청자기 궁전 안에는 고생물 전시관 말고도 다른 것들이 많이 있을 터였다. 어쩌면 역사관이나 도서관까지도 있을지 몰랐다! 현재 내 처지에서는 그것들이 여기 부식이 진행 중인 옛날 지질학 구경거리보다 엄청나게 흥미로웠다. 돌아다니다가 첫 번째 회랑과 교차하는 길지 않은 다른 회랑이 나왔다. 여기는 광물을 전시한 곳 같았는데 유황 덩어리를 보니 화약에 생각이 미쳤다. 하지만 초석(硝石)은 보이지 않았다. 질산염 종류는 전혀 없었다. 오래전에 습기에 녹아 사라졌으리라. 그래도 유황은 마음에 남아 이런저런 상념을 불러일으켰다. 전반적으로 보존 상태는 제일 나았지만 그 관의 나머지 내용물에는 별 관심이 가지 않았다. 나는 광물학 전문가가 아니었으니까. 첫 번째 회랑과 나란히 뻗은 몹시 훼손된 측랑으로 꺾어 들어갔다. 이곳은 박물학관인 듯했지만 모든 게 본모습을 잃은 지 오래였다. 쪼그라들고 시커메진 형해 몇 점은 한때 박제 동물이었을 테고, 말라빠진 미라가 든 병들에는 한때 에탄올이 담겨 있었을 터였다. 한 뭉치의 티끌은 바스러진 식물들이었다. 그게 전부였다! 인류가 어떤 독창적인 방법을 통해 생기로운 자연을 극복하게 되었는지를 규명하고 싶었는데 못내 아쉬웠다. 다음에는 엄청나게 넓기만 한, 유난히 조명이 나쁜 회랑으로 들어갔다. 내가 들어선 바깥쪽에서부터 안쪽으로 실내 바닥이 약간 낮아져 있었다. 띄엄띄엄 천장에서 드리워진 흰 전구를 보면 (다수가 깨어지고 망가져 있었는데) 원래는 인공조명을 한 모양이었다. 여기는 내가 좀 아는 분야였다. 양옆으로 덩치 큰 기계들이 서 있었던 것이다. 모두 부식의 정도가 심하고 다수가 망가졌지만 일부는 아직도 건재했다. 여러분도 알다시피 나는 기계라면 사족을 못 쓰기 때문에 기계들을 천천히 둘러보고 싶었다. 대부분 기계들이 독특한 흥취를 자아냈고 그 용도를 전연 짐작할 수 없었기 때문에 더욱 그랬다. 그 수수께끼를 풀기만 한다면 몰록들과의 대결에서 유리한 입지에 설 수 있을 것 같았다.

  갑자기 위나가 내 곁으로 바싹 다가붙었다. 너무 갑작스러워 나는 깜짝 놀랐다. 그녀가 아니었더라면 회랑 바닥이 경사졌다는 사실을 전혀 알아채지 못했을 것이다.* 내가 들어섰던 지점은 바깥쪽 끄트머리였는데 지면보다 꽤 높았고, 세로로 길쭉한 진귀한 창들로 빛이 들어오고 있었다. 안쪽으로 들어갈수록 지면이 이 창문들에 육박해 올라서 마침내는 런던 주택의 반지하 출입구 같은 움푹한 공간이 각각의 창문 밖에 있었고, 그 창 꼭대기로 잘려진 햇빛이 겨우 비쳐들었다. 나는 기계들의 수수께끼에 골몰하면서 천천히 안쪽으로 들어갔다. 너무 몰두해 있어서 햇빛의 유입이 점차 줄어들고 있음을 눈치채지 못하다가 위나가 눈에 띄게 불안해하는 모습을 보고 알아챘다. 그리고 보니 실내 저 끝은 아예 짙은 어둠에 잠겨 있었다. 나는 망설이다가 주위를 둘러보았다. 먼지층이 덜 두껍고 그 표면이 고르지 않음을 알았다. 어둑한 안쪽으로 자그마하고 좁다란 발자국이 어지럽게 찍혀 있었다. 몰록이 근처에 있다는 직감이 스쳤다. 기계에 대한 학술 조사에 시간을 허비하고 있다는 생각이 들었다. 벌써 느지막한 오후가 되었는데도 여태 무기도 도피처도 불 지필 수단도 확보하지 못했음을 깨달았다. 실내 깊숙한 어둠 속에서 타닥거리는 유별난 소리와 우물 속에서 들었던 기묘한 소음이 들렸다.

나는 위나의 손을 잡았다. 돌연 묘안이 떠올라 위나를 내버려 두고 어떤 기계에 달라붙었다. 철도 신호소의 레버를

---

* 물론 바닥이 경사지지 않았을지도 모른다. 언덕 비탈을 깎아 세운 박물관이라서 그랬을 수도 있다.—영어판 편집자 주

닮은 쇠막대 하나가 튀어나온 기계였다. 디딤대에 기어올라 그 레버를 양손으로 움켜쥐고 전 체중을 실어 옆으로 당겼다. 실내 한복판에 남겨진 위나가 갑자기 훌쩍이기 시작했다. 레버의 강도에 대한 내 짐작이 들어맞았다. 1분쯤 분투하자 레버가 철컥 떨어져 나왔다. 나는 몰록들과 마주치면 여지없이 두개골을 박살 낼 수 있는 철퇴를 들고 그녀에게로 돌아갔다. 몰록 한두 놈을 죽이고 싶어 손이 근질근질했다. 자신의 후손을 죽이려 하다니 이 얼마나 무자비한가! 그러나 놈들에게서는 어쩐지 인간성을 전혀 느낄 수 없었다. 회랑을 곧장 내려가서 소리 내는 놈들을 죽여 버리고 싶었지만 위나를 혼자 남겨 두는 게 마음에 걸렸고, 또 살해 욕구를 해소하다 보면 내 타임머신이 위험해질 것 같아서 겨우 참았다.

한 손에 철퇴를 들고 다른 손에 위나를 잡고 그 회랑을 나와서 더욱 넓은 회랑으로 들어섰다. 첫눈에 보니 너덜너덜한 기(旗)를 걸어둔 병영 예배당이 떠올랐다. 양옆에 걸려 진열된 갈색 넝마들은 책의 썩은 잔해임을 곧 알아보았다. 오래 전에 바스러질 대로 바스러진 그것들은 인쇄물의 본모습이 온데간데없었다. 하지만 뒤틀린 판지와 망가진 죔쇠 들이 여기저기 남아서, 옛날에는 그것들이 책이었음을 말하고 있었다. 내가 문학가였더라면 모든 열망의 허무함을 가슴 깊이 새겼겠지만, 정작 내 마음을 후려친 것은 그 거무칙칙하게 썩은 종이들의 황막함이 증언하는 엄청난 노력의 낭비였다.

그때 나는 왕립학회《철학 회보》와 물리광학에 관한 내 논문 열일곱 편을 주로 생각했음을 고백한다.

그다음에 널찍한 층계를 올라 한때 공업화학관이었을 곳으로 갔다. 여기서 쓸 만한 것을 발견하리라는 희망을 적잖게 품었다. 지붕이 무너진 한쪽 구석을 제외하면 이 진열관의 보존 상태는 양호했다. 나는 멀쩡한 유리 상자를 빠짐없이 살폈다. 마침내 한 완전 밀폐 상자에서 성냥 한 갑을 발견했다. 허겁지겁 시험해 보니 상태가 아주 좋았다. 축축하지도 않았다. 나는 위나를 돌아보며 소인들 언어로 "춤!"을 외쳤다. 이제 그 무서운 괴물에 맞설 무기를 실지로 손에 넣은 것이다. 그래서 그 버려진 박물관 안의 두텁고 부드러운 먼지 카펫 위에서 위나가 더없이 기뻐하는 가운데, 나는 참으로 유쾌하게 「천국」이란 노래를 휘파람으로 불면서 일종의 혼합 춤을 진지하게 추었다. 일부는 얌전한 캉캉 춤이고 일부는 스텝 댄스, 일부는 스커트 댄스[41](변변찮은 연미복임에도 최선을 다했다.), 또 일부는 내 창작이었다. 알다시피 나는 독창성을 타고났으니까.

그 성냥갑이 까마득한 세월의 마멸을 피해 온 게 무엇보다 신기했지만(지금도 신기하게만 여겨진다.) 나에겐 기막힌 행운이었다. 더욱 기이한 것은 도저히 믿기지 않는 물질인 장뇌를 발견한 사실이다. 밀봉된 병 안에 들어 있었는데, 어쩌다 완전 밀폐로 보존된 모양이었다. 처음엔 파라핀 왁스인 줄 알고 병을 깨뜨렸는데 틀림없는 장뇌 냄새였다. 만물이 부패하고 부식한 지난 수천 세기 동안 이 휘발성 물질은 용케 살아남았던 것이다. 수백만 년 전 비명횡사를 당해 화석이 된 벨렘나이트[42]에서 추출한 물감으로 그린 오징어 먹물빛 그림을 한번 본 적 있는데, 그게 기억났다. 던져버리려다가 장뇌가 인화성 물질이고 밝은 불꽃을 내며 탄다는 사실을 떠올리곤 촛불 못지않다고 생각하고서 호주머니에 챙겨 넣었다. 예의 청동 문을 파괴할 폭약이나 다른 도구는 하나도 보이지 않았다. 그때까지 발견한 것 중에서 제일 요긴한 물건이라고 해봐야 쇠지레가 전부였지만 그럼에도 나는 기세등등하게 그 회랑을 나섰다.

  그 긴 오후의 일을 전부 다 말할 순 없다. 그 일을 순서대로 모두 돌이키자면 기억력을 엄청나게 혹사해야 할 것이다. 녹슨 무기가 진열된 긴 회랑에서 쇠지레를 손도끼나 검으로 바꿀까 고민하던 게 생각난다. 그러나 둘 다를 휴대할 순 없었고, 게다가 청동 문을 부수는 데는 쇠지레가 더 적합했다. 철포며 권총, 소총 따위가 많이 있었는데, 대개는 녹 덩어리였지만 일부는 신소재 금속이라 아직도 온전했다. 하지만 한때 실탄이나 화약이었을 것들은 모조리 삭아서 티끌이 되어 있었다. 한쪽 구석이 검게 타고 산산이 부서진 것은 아마도 표본 중의 하나가 폭발해서 그런 것 같았다. 다른 관에는 우상이 무수하게 배치되어 있었다. 폴리네시아, 멕시코, 그리스, 페니키아 등 지구상 온갖 나라의 것이 다 있었다. 거기서 나는 충동을 이기지 못하고 특히 마음에 드는 남미의 동석(凍石) 괴물의 코에 내 이름을 적어 넣었다.

저녁이 다가오자 흥미가 감퇴되었다. 먼지 끼고 조용하고 종종 파손된 회랑들을 돌아다녔다. 전시품들은 때때로 녹 덩어리나 갈탄에 지나지 않았고 때로는 제법 말짱한 것들도 있었다. 어느 관에서 불현듯 주석 광산의 모형을 발견하고 나서 정말 우연히 밀폐 상자에 든 다이너마이트 화약통 두 개를 발견했다. 나는 "유레카!"를 외치고는 기쁜 마음으로 그 상자를 깨뜨렸다. 문득 의심이 들어 머뭇거렸다. 그러다가 작은 부속관을 골라 실험에 나섰다. 5분, 10분, 15분……. 폭발을 헛되이 기다린 그때만큼 실망감이 컸던 적은 없었다. 실물을 버젓이 진열했을 리는 없으니 물론 그것은 가짜였다. 그것이 가짜가 아니었다면 나는 당장 달려가서 스핑크스와 청동 문과 (나중에 알게 되었지만) 타임머신을 되찾을 기회까지 몽땅 날려 버렸을 것이다.

그 이후였지 싶은데 우리는 궁전 안의 작은 뜰로 나왔다. 잔디가 깔려 있었고 과일나무 세 그루가 있었다. 거기서 쉬면서 배를 채웠다. 해가 이울자 우리의 처지를 생각하게 되었다. 밤은 슬금슬금 다가왔고 접근을 허용치 않는 은신처는 아직도 못 찾았다. 하지만 그것은 심각한 문제가 아니었다. 몰록들에 맞설 최선의 방어책을 손에 넣었으니까. 성냥 말이다! 화염이 필요할 경우엔 호주머니에 장뇌도 있었다. 우리에게 최선책은 불의 보호를 받으며 빈터에서 밤을 보내는 것이라고 나는 생각했다. 내일 아침에 타임머신을 되찾자. 그런데 내 손에는 철퇴밖에 없으니. 하지만 이젠 아는 게 많아서 청동 문이 이전과는 전연 다르게 느껴졌다. 이때까지 청동 문을 강제로 열지 않으려고 했던 것은 주로 그 뒤편이 수수께끼에 싸여 있어서였다. 그 문이 아주 튼튼하다는 인상은 받질 못했으니 쇠막대가 그 일에 조금은 쓸모 있기를 바랄 뿐이었다.

9

 우리가 청자기 궁전 밖으로 나온 것은 아직 해가 지평선에 걸쳐 있을 무렵이었다. 이튿날 아침 일찍 하얀 스핑크스에 가닿을 계산이었고, 어스름 전에 전날 진로를 가로막았던 그 숲을 돌파할 작정이었다. 그날 밤 최대한 멀리까지 나아가서 불을 지피고 그 불길의 비호를 받으며 잔다는 계획이었다. 그래서 나는 걸으면서 잔가지며 마른풀을 눈에 띄는 대로 그러모았는데, 머잖아 그런 허섭스레기들로 한 아름이 되었다. 그렇게 짐이 있다 보니 예상보다 전진이 더딘 데다 위나마저도 지쳐 있었다. 나도 수면 부족으로 슬슬 고역스러웠다. 그래서 숲 앞에 다다랐을 때는 어둑한 밤이었다. 그 관목 비탈 언저리에서 위나는 전방의 어둠에 질려 걸음을 옮기려 하지 않았다. 하지만 나는 재앙이 임박했다는 기이한 느낌(경고로 받아들였어야 마땅했는데)에 떠밀려 앞으로 나아갔다. 하룻밤 이틀 낮 동안 잠을 자지 않은 데다 몸에 열감이 있고 짜증이 일었다. 졸음이 몰려오고 더불어 몰록들도 몰려오고 있음을 느꼈다.

그렇게 머뭇거리고 있는데 우리 뒤편 검은 덤불 속에 어둠을 배경으로 희미한 형체 셋이 웅크리고 있는 것이 보였다. 주위는 관목과 높다란 풀 천지여서 놈들의 음흉한 접근에 불안감을 느꼈다. 숲의 너비는 1.5킬로미터쯤 되는 것 같았다. 그 거리를 통과해 민둥한 등성마루에 닿는다면 거기서 안심하고 휴식을 취할 수 있을 것 같았다. 성냥과 장뇌를 쓴다면 숲을 통과하는 동안 길을 밝힐 수 있을 것이었다. 성냥을 켜려면 두 손이 필요하고, 그러자면 땔감을 포기해야 한다는 건 자명한 이치였다. 그래서 마지못해 그것을 내려놓다가 문득 스치는 생각이 있었다. 땔감에 불을 붙여 뒤쪽 친구들을 놀래주자는 것이었다. 이 행위가 굉장한 바보짓이었음을 나중에 알았지만 그때는 우리의 퇴각을 보장해 주는 독창적인 행동으로 여겨졌다.

사람이 없고 기후가 온화한 곳에서의 발화가 얼마나 드문 일인지 생각해 본 적 있는가. 햇볕이 불을 일으킬 만큼 강하지도 않고 그 볕이 이슬방울에 모여 초점을 맞춰도 불을 지필 정도는 아니다.(열대지방에서는 가끔 있는 일이지만 말이다.) 번개에 박살이 나고 새까맣게 그을리는 경우는 있지만, 큰 불이 발생하는 경우는 극히 드물다. 썩어가는 초목이 가끔 발화열로 까맣게 타들어 가는 경우는 있어도 불을 피우는 일은 좀체 없다. 이 말기 세상의 지상에서도 불 피우는 법이 까맣게 잊혀 버린 것이다. 땔감 더미를 날름날름 먹어치우는 빨간 혓바닥은 위나한테 전혀 새롭고 낯선 것이었다.

  위나는 그 모닥불로 뛰어가서 놀려고 했다. 내가 붙잡지 않았더라면 그녀는 불속으로 뛰어들었으리라. 그녀를 안아든 나는 몸부림치는 그녀를 무시하고 과감하게 전방 숲 속으로 뛰어들었다. 잠시 동안 모닥불 빛이 길을 밝혀 주었다. 뒤돌아 보니 빽빽한 나무줄기 사이로 땔감 더미에서 불길이 이웃한 덤불로 옮겨붙고 있는 게 보였다. 그 불이 넘실거리며 풀밭 비탈을 기어오르고 있었다. 나는 그 광경을 보고 크게 웃고는 어두운 숲 속을 향해 돌아섰다. 몹시 어두웠다. 위나가 발작적으로 내게 매달렸다. 그래도 눈이 어둠에 익어가자 나무줄기를 피할 정도의 빛은 되었다. 위를 쳐다보니 온통 검었다. 하지만 군데군데 틈새로 아득한 파란 하늘빛이 새어들어왔다. 양손이 비지 않아서 성냥은 하나도 켜지 못했다. 왼팔에는 귀여운 위나를 안았고 오른손에는 쇠막대를 들고 있었다.

  잠시 동안 들리는 소리라곤 내 발밑의 잔가지가 딱딱 부러지는 소리와 산들바람이 위쪽 나뭇잎을 사르락 흔드는 희미한 소리, 내 숨소리, 그리고 귓속의 혈관이 뛰는 소리뿐이었다. 이윽고 타닥타닥하는 소리가 들린 듯했다. 나는 짓쳐 나아갔다. 타닥거리는 소리가 점점 뚜렷해지면서 지하 세계에서 들었던 것과 같은 그 기묘한 소리와 목소리를 나는 분간할 수 있었다. 몰록이었다. 여러 놈이 나를 향해 육박해 오고 있었다. 잠깐 뒤에 무언가가 내 외투를 끌어당기고 한 팔을 잡아끌었다. 위나가 격렬하게 떨더니 이내 조용해졌다.

성냥을 켤 시간이었다. 그러려면 위나를 내려놓아야 했다. 내려놓고 나서 호주머니를 뒤지는데 어둠 속 내 무릎께에서 드잡이가 벌어졌다. 위나 쪽에서는 아예 조용하고, 몰록 편에서는 그 괴상한 구구 소리가 났다. 작고 보드라운 손들이 외투를 더듬고 등허리를 기어오르고 목까지 건드렸다. 이윽고 성냥을 긋자 불이 붙었다. 성냥불을 들고서 나는 나무들 사이로 도망가는 몰록들의 허연 등을 보았다. 급히 장뇌 한 덩어리를 호주머니에서 꺼내 성냥불이 잦아들면 밝힐 요량으로 준비를 갖췄다. 위나를 내려다보았다. 그녀는 내 발을 꽉 잡고 미동도 없이 얼굴을 땅에 대고 누워 있었다. 가슴이 철렁해서 허리를 굽혀 살펴보았다. 가느다랗게 숨을 쉬고 있는 듯했다. 장뇌 덩이에 불을 붙여 앞쪽으로 내던졌다. 쪼개지면서 장뇌가 타오르자 몰록들과 어둠이 물러났다. 나는 무릎을 꿇고 그녀를 안아 올렸다. 뒤편 숲 속에서 엄청난 무리가 흥분해서 수런거리는 것 같았다!

위나는 기절한 모양이었다. 그녀를 조심스레 어깨에 올리고 나서 길을 가려고 일어서다가 불현듯 무서운 사실과 맞닥뜨렸다. 성냥과 위나를 다루는 와중에 여러 번 몸을 돌렸던 것이었다. 그래서 이제 어느 방향으로 가야 할지 전혀 갈피를 잡을 수 없었다. 분명한 사실은 내가 청자기 궁전을 향해 되돌아섰을지도 모른다는 것이었다. 식은땀이 솟았다. 행동 방침을 빨리 정해야 했다. 나는 그 자리에서 불을 지피고 야영을 하기로 마음먹었다. 아직 미동도 않는 위나를 진흙 잔디에 내려놓고 첫 장뇌 덩이가 사그라지기 전에 허겁지겁 검불이며 나뭇잎을 그러모았다. 어둠 속 주위 여기저기서 몰록의 눈동자가 루비처럼 반짝였다.

장뇌가 깜박거리다가 꺼졌다. 나는 성냥을 켰다. 그러자 위나에게 접근했던 흰 형체 둘이 부리나케 달아났다. 한 놈은 불빛에 눈이 멀어 나에게 곧장 다가왔다. 내 주먹질에 놈의 뼈가 으스러지는 촉감이 전해졌다. 놈은 기겁해서 우우 소리를 지르며 잠깐 휘청거리다가 쓰러졌다. 나는 다른 장뇌 덩이에 불을 붙이고는 땔나무를 줍기 시작했다. 곧 머리 위 나뭇잎 일부가 얼마나 말랐는지 알게 되었다. 내가 타임머신을 타고 여기에 도착한 이후 약 일주일간 비가 내리지 않았던 것이다. 그래서 나는 땔나무를 찾아다니는 대신 껑충 뛰어 나뭇가지를 끌어내리기 시작했다. 금방 생나무와 마른나무로 연기 자욱한 불을 피워 장뇌를 절약하게 되었다. 그러고 나서 철퇴 옆에 누워 있는 위나에게로 갔다. 위나를 되살리려고 미력이나마 다했지만, 그녀는 다만 시체처럼 누워 있었다. 그녀가 숨을 쉬는지 멎었는지조차 확실하지 않았다.

　모닥불 연기가 내게로 들이닥쳤다. 그 때문에 갑자기 졸음이 쏟아진 모양이었다. 공중에 퍼진 장뇌 증기도 한몫했다. 모닥불은 한두 시간쯤 지속될 것이었다. 분투한 뒤라 무거운 피로가 몰려들어 나는 앉았다. 숲 속에는 졸음을 재촉하는 불가해한 수런거림이 가득 차 있었다. 깜빡 졸았다가 눈을 뜬 것 같은데 주위는 컴컴했고 몸록들이 나를 더듬고 있었다. 달라붙는 손길들을 떼치고 급히 호주머니를 뒤졌지만 성냥갑은…… 없었다! 놈들이 다시 나를 잡고 드잡이했다. 순간 나는 상황을 이해했다. 나는 잠을 잤고 그사이 불은 꺼지고 원통한 죽음이 덮쳐 오고 있었던 것이다. 숲 속은 나무 타는 냄새로 진동했다. 나는 목덜미를 잡히고 머리칼을 끌리고 양팔을 붙잡혀 점점 무너져 갔다. 어둠 속에서 그 물컹물컹한 생물들에게 짓눌리는 느낌은 이루 말할 수 없이 무서웠다. 마치 거대한 거미집에 걸려든 기분이었다. 나는 압도되어 쓰러졌다. 작은 이빨이 목을 깨물었다. 나는 몸을 굴렸다. 그 와중에 쇠지레가 손에 닿았다. 힘이 솟았다. 아등바등 일어서며 쥐인간들을 떨쳐 내고 쇠막대를 바투 잡고 놈들의 얼굴이 있을 만한 곳을 마구 찔렀다. 놈들의 뼈와 살이 물크러지는 느낌이 손바닥에 감겨 왔다. 그런 뒤에 나는 잠시 자유의 몸이 되었다.

　격렬한 싸움 끝에 뒤따르기 마련인 야릇한 환희감에 나는 휩싸였다. 나와 위나는 둘 다 죽은 목숨이었지만 순순히 몰록들의 고기가 되어줄 순 없었고 그 대가를 톡톡히 치르게 할 셈이었다. 나는 어느 나무를 등지고 쇠막대기를 앞으로 휘둘렀다. 온 숲이 몰록들의 법석과 부르짖음으로 들썩거렸다. 1분쯤 흘렀다. 놈들의 목소리가 흥분한 고음으로 치닫고 움직임이 민첩해졌다. 그럼에도 다가서는 놈은 없었다. 나는 어둠을 노려보며 서 있었다. 문득 희망이 보였다. 몰록들이 두려움을 느끼는 건 아닐까? 그 희망을 뒤따라 이상한 일이 일어났다. 어둠이 점점 밝아졌다. 희끄무레하게 주위의 몰록들이 보였다. 내 발치에 몰록 셋이 짓이겨져 있었다. 그리고 나는 까무러치게 놀라운 광경을 목격하게 되었다. 뒤쪽에서, 그리고 앞쪽 저 숲에서 몰록들이 끊임없이 비명을 지르며 내닫고 있었다. 그들의 등은 더 이상 하얗지 않고 불그스름했다. 입을 딱 벌리고 서 있는데 나뭇가지 사이 별빛이 보이는 틈새로 작은 불똥이 날아갔다. 그 광경을 본 나는 나무 타는 냄새와 졸음을 재촉하던 수런거림의 정체를 알았다. 그 냄새와 소리는 이제 노호(怒號)와 붉은빛으로 발전해 몰록들을 패주시키고 있었다.

등진 나무 옆으로 나와서 뒤돌아보았다. 근처 나무들의 검은 둥치 사이로 숲을 태우는 불길이 보였다. 내가 처음 붙인 불이 나를 쫓아오고 있었다. 나는 급히 위나를 찾았지만 그녀는 보이지 않았다. 뒤쪽에서 쉭쉭, 빠지직빠지직, 그리고 생나무가 화염에 무너지는 쿵 소리가 나서 차분히 생각할 겨를이 없었다. 몰록들이 가는 쪽을 향해 나는 쇠막대기를 쥐고 뛰었다. 팽팽한 접전이었다. 한번은 걷잡을 수 없는 불길이 오른쪽을 가로막고 나서는 바람에 나는 하릴없이 왼쪽으로 빠져야 했다. 마침내 작은 공터로 나왔다. 막 나왔는데 몰록 한 놈이 비실비실 다가오더니 나를 지나쳐 곧장 불속으로 들어갔다!

그러고 나서 나는 미래 시대에서 본 것 중에 제일 괴상하고 무서운 광경을 목도하게 되었다. 내가 있는 빈터는 산불이 발산하는 빛으로 대낮처럼 환했다. 그 가운데에는 검게 그을린 산사나무로 뒤덮인, 고분만 한 작은 동산이 솟아 있었다. 그 너머에는 산불의 한 갈래가 노란 혓바닥으로 숲을 핥아치우며 공터를 완전히 에워싸고 있었다. 그 산허리에는 삼사십 명의 몰록들이 열기와 빛에 눈이 부셔 당황한 나머지 우왕좌왕 서로 부딪쳤다. 처음에 나는 그들이 눈멀었다는 사실을 알지 못하고 무서워서 정신없이 다가오는 놈들을 쇠막대로 난폭하게 때려 하나를 죽이고 여럿을 불구로 만들었다. 그러나 한 녀석이 붉은 하늘을 배경으로 산사나무들 밑을 손으로 더듬는 행동을 보이고 놈들의 신음 소리가 들리자 나는 몰록들이 이 거대한 불빛 속에서는 한없이 무력하고 비참하다는 사실을 깨닫고는 그들을 더 이상 때리지 않았다.

그래도 이따금 공포에 부들부들 떨면서 곧장 다가오는 놈이 있으면 나는 재빨리 놈을 피했다. 한번은 불길이 얼마간 사그라지자 그 멍청한 생물체들이 곧 나를 볼 수 있게 될 것 같아 두려워진 나는 그렇게 되기 전에 미리 몇 놈을 처치하는 게 이후 싸움에 유리하겠다고 머리를 굴리고 있었다. 하지만 불길이 다시 밝게 타오르자 그 실행을 철회했다. 나는 위나의 자취를 찾아 몰록들을 피하면서 빈터를 돌아다녔지만 그녀는 보이지 않았다.

이윽고 나는 동산 꼭대기에 올라앉아 이 기이하고 믿기지 않는, 앞 못 보는 생물 무리들이 불빛에 고스란히 노출된 채 더듬더듬 오가면서 으스스한 소리를 서로 주고받는 모습을 지켜보았다. 뭉글뭉글 치솟는 연기가 하늘을 가로질러 흐르고, 그 붉은 하늘의 유례없는 연무 틈새로 머나먼 다른 우주의 것 같은 작은 별들이 반짝였다. 몰록 두세 놈이 비틀비틀 내게로 다가오자 나는 부들부들 떨며 주먹으로 놈들을 격퇴했다.

그날 밤 거의 내내 나는 악몽을 꾸고 있다고 믿었다. 깨어나고픈 간절한 소망에 내 살을 깨물고 아악, 소리를 질렀다. 손으로 땅을 치고 일어났다가 되앉았다가 여기저기 서성이다가 또 앉았다. 이윽고 눈을 비비며, 이 악몽에서 깨어나게 해달라고 하느님을 외쳐 불렀다. 세 번쯤인가 몰록들이 고통스럽게 고개를 수그리고 불속으로 뛰어들었다. 그러나 드디어 사위어가는 붉은 불빛 위로, 뭉쳐 흐르는 검은 연기 위로,

하얘지고 검어진 그루터기들 위로 점점 수가 줄어드는 그 어슴푸레한 생물체들 위로 하얀 미명이 비쳐들었다.

위나의 자취를 다시 찾아다녔지만 아무런 흔적이 없었다. 놈들이 그 불쌍한 작은 몸뚱이를 숲 속에 내버려 둔 게 분명했다. 소름 끼치는 숙명을 모면한 그녀를 생각하자 얼마나 위안이 되었는지 몰랐다. 그런 생각이 들자 나는 주위의 그 힘없는 혐오 생물들을 깡그리 죽이고픈 열망에 휩싸였지만 가까스로 참았다. 이미 말했듯 그 동산은 숲 속의 섬이나 마찬가지였다. 그 꼭대기에서 옅은 연기 저편으로 청자기 궁전이 희미하게 보였는데 이로써 흰 스핑크스가 있는 방향을 유추할 수 있었다. 날이 점점 밝아오는 가운데 지금껏 이리저리 오가며 신음하는 그 지긋지긋한 잔당들을 남겨 두고 나는 발을 풀로 동이고서 연기 나는 잿더미 위를 절뚝절뚝 가로질러 여태 불기를 머금은 시커먼 나무줄기 사이를 지나 타임머신의 은신처 쪽으로 향했다. 기진맥진한 데다 절룩거리기까지 해서 걸음은 느렸다. 끔찍하게 죽은 귀여운 위나가 불쌍해서 가슴이 얼마나 쓰라렸는지 모른다. 불가항력적인 재앙이었다. 이제 이 친근한 옛 방에 있으니 그것이 실제 상실감이 아닌 꿈결 같은 슬픔으로 느껴진다. 그러나 위나를 잃어버린 그날 아침 나는 다시 철저히 혼자였다. 처절히 혼자였다. 나의 이 집과 이 난롯가와 여러분 몇몇을 생각했다. 그런 생각을 하자 고통스러운 갈망이 엄습했다.

밝은 아침 하늘 아래서 연기 나는 잿더미 위를 걸으며 나는 무언가를 발견했다. 바지 주머니에 성냥개비 몇 개가 흩어져 있었다. 성냥갑이 없어지기 전에 흘러나온 모양이었다.

10

아침 8, 9시 무렵, 그 노란 금속 의자에 이르렀다. 도착한 날 저녁에 앉아서 세계를 조망했던 그 의자였다. 그날 저녁에 내린 성급한 결론을 떠올리며 그 자신만만함에 씁쓸한 웃음이 비어져 나오는 걸 어쩔 수 없었다. 그때와 다름없는 아름다운 경치였다. 무성한 초목이며 훌륭한 궁전, 장려한 폐허, 척박한 기슭 사이를 흐르는 은빛 강이 한결같았다. 화사한 옷을 입은 아름다운 사람들이 숲 속을 이리저리 돌아다니고 있었다. 일부는 내가 위나를 구한 그 지점에서 물놀이를 하고 있었는데 그 광경에 갑자기 가슴이 미어졌다. 풍경에 점점이 솟은 것은 지하 세계로 통하는 우물 위 둥근 지붕이었다. 지상인들의 아름다움 이면에 무엇이 감추어져 있었는지 이제 모두 이해되었다. 그들의 낮은 아주 즐거웠다. 들판의 소들이 낮에 즐거운 것처럼. 소와 마찬가지로 습격자도 없었고 무엇 하나 부족한 게 없었다. 그들의 최후도 소와 같았다.

인류 지성의 꿈이 얼마나 덧없었는지를 생각하니 서글펐다. 지성은 자살한 것이다. 끊임없이 편리와 안락을 추구하고 안전과 영속을 모토로 한 조화로운 사회를 모색한 인류 지성은 마침내 그 이상에 도달했으나 결국 이렇게 되고 말았다. 한때는 생명과 재산이 거의 완전무결하게 지켜졌으리라. 부유한 자는 부와 안락을 누리고 가난한 자는 생명과 일을 보장받았으리라. 그 완벽한 세상에서는 실업 문제도 없었을 테고 해결되지 않은 사회문제도 없었으리라. 그리고 커다란 평온이 뒤를 이었다.

풍부한 지성은 변화와 위험과 불편을 무릅쓴 대가라는 자연법칙을 간과하기 쉽다. 환경에 완벽히 적응한 동물은 완벽한 기계에 다름 아니다. 습성과 본능만으로 해결되지 않을 때 동물은 지혜를 좇는다. 변화가 없으면, 그리고 변화의 필요가 없으면 지혜가 생길 리 만무하다. 온갖 다양한 결핍과 위험에 노출된 동물들만이 지혜를 획득한다.

그래서 내가 보기에 지상인들은 연약한 아름다움 쪽으로만 기울었고 지하인들은 기계적 근면으로만 치달았다. 그러나 그 완벽한 상태가 기계적으로까지 완벽하려면 한 가지가 더 필요했다. 바로 절대 영속. 한동안 원활했던 지하인들의 급식 체계가 세월이 흐르면서 어그러졌다. 수천 년간 자취를 감추었던 옛 '필요성'이 돌아와 지하에서 활동을 재개했다. 지하 세계는 기계를 다루는 데 아주 숙달되어 있었지만 그래도 습성 외에 약간의 사고력을 요했다. 그래서 필연적으로 다른 모든 인격 면에선 지상 세계에 뒤졌는지 모르겠지만 능동성 면에선 오히려 앞섰다. 여타 육류 공급이 끊어지자 그들은 오랜 관습의 금기였던 육류로 눈을 돌렸다. 802,701년의 세계를 마지막으로 조망하면서 나는 그렇게 이해했다. 사람의 머리에서 나온 해석이다 보니 틀릴 수도 있겠지만 세계는 내게 그렇게 비쳤고 나는 그대로를 여러분에게 전하고 있는 것이다.

지난 며칠간 피로와 흥분과 공포에 시달린 탓에 비통한 마음에도 불구하고 그 의자와 조용한 풍광과 따뜻한 햇볕이 아주 기분 좋았다. 몹시 피곤하고 졸려서 어느덧 내 이론화 노력은 졸음으로 빠져들었다. 그러다가 문득 잠을 제대로 자자고 생각하고는 잔디밭 위에 팔다리를 쭉 뻗고 드러누워 길고 달콤한 잠을 잤다.

해넘이 조금 전에 깨어났다. 내 방심을 몰록들이 틈탈 위험은 이제 없었다. 나는 기지개를 켜고 나서 흰 스핑크스 쪽을 향해 등성이를 내려가기 시작했다. 한 손은 쇠지레를 들고 다른 손은 호주머니 속 성냥을 만지작거렸다.

그런데 전혀 예기치 못한 사건이 발생했다. 스핑크스 대좌로 다가가는데 청동 문이 열려 있었다. 문은 문홈 속으로 미끄러져 들어가 있었다.

　나는 그 앞에 우뚝 멈춰 서서 들어가길 망설였다.

　그 안은 작은 공간이었고, 그 구석 좀 높은 곳에 타임머신이 놓여 있었다. 나는 머신의 작은 레버들을 호주머니에 갖고 있었다. 흰 스핑크스를 공략하려고 무던히도 준비했는데 이렇게 순순히 항복하다니. 나는 쇠막대를 던져버렸다. 써볼 기회를 놓쳐서 좀 섭섭한 마음이었다.

　입구를 향해 상체를 수그리다가 문득 어떤 생각이 스쳤다. 적어도 한 번은 몰록들의 정신 작용을 파악한 것이다. 웃음이 터져 나오려는 걸 억지로 참으며 청동 문 틀을 통과해 타임머신 쪽으로 다가갔다. 정성껏 기름을 치고 깨끗하게 청소해 놓은 타임머신을 보고 나는 깜짝 놀랐다. 그 용도를 파악하려고 자신들의 어수룩한 방식으로나마 머신을 일부 분해해 보았을지도 모른다는 짐작이 들었다.

　그렇게 서서 타임머신을 점검하며 내 발명품을 되찾은 감격에 젖어 있는데 예상했던 일이 벌어졌다. 별안간 청동 문이 스르르 올라가더니 문틀을 텅 쳤다. 나는 어둠 속에 갇혔다. 나를 함정에 빠뜨렸다고 생각할 몰록들이 우스워서 킬킬 유쾌한 웃음이 나왔다.

　몰록들이 나에게 다가오며 키득키득 웃는 소리가 들렸다. 나는 덤덤하게 성냥을 켜려고 했다. 레버들을 장착하기만 하면 유령처럼 훌쩍 떠날 수 있었다. 하지만 내가 간과한 게 한

가지 있었다. 그 성냥개비들은 성냥갑이 있어야만 켤 수 있는 그런 빌어먹을 종류였다.

나는 완전히 침착함을 잃었다. 그 작은 짐승들이 육박해 오고 있었다. 한 놈이 나를 건드렸다. 나는 어둠 속에서 레버들로 놈들에게 일격을 휘두르고 나서 타임머신의 안장으로 기어오르기 시작했다. 손 하나가 나를 잡았고 다른 손이 덤볐다. 레버를 낚아채려는 집요한 손길들에 정신없이 맞서 싸우면서 동시에 레버를 장착할 고정 볼트를 찾아 더듬었다. 하마터면 레버 하나를 빼앗길 뻔했다. 내 손에서 빠져나가는 그것을 되찾으려고 나는 몰록을 머리로 들이받았다. 놈의 두개골이 울리는 소리가 났다. 이 최후의 기어오르기는 숲 속에서의 싸움보다도 더 치열한 접전이었다.

마침내 레버를 끼우고 끌어당겼다. 달라붙은 손들이 떨어져 나갔다. 이윽고 어둠이 시야에서 걷혔다. 이미 말한 바 있는 그 회색빛 격동 속으로 나는 진입했다.

11

 시간 여행에 따르는 멀미와 혼란은 이미 말한 바 있다. 이번엔 안장에 똑바로 앉질 못하고 옆으로 불안정하게 매달리듯 앉아 있었다. 불확실한 시간 동안 나는 내가 어디로 가는지도 모른 채 휘청거리고 후들후들 떨리는 타임머신에 있다가 겨우 정신을 차릴 수 있었다. 문자반을 통해 내가 어디까지 왔는지를 알고 깜짝 놀랐다. 문자반은 각기 하루 단위, 천 일 단위, 백만 일 단위, 십억 일 단위를 표시하고 있었다. 후진 레버를 넣었어야 했는데 도리어 끌어당기는 바람에 전진 레버가 들어가 있었던 것이다. 계기판을 들여다보았을 때 천 일 단위 바늘이 미래를 향해 시계 초침처럼 쌩쌩 돌아가고 있었다.
 타임머신을 타고 가면서 풍경에 이상한 변화가 생겼음을 알았다. 요동치는 회색빛이 점점 어두워졌다. 엄청난 속도로 항행하고 있는데도 보통 느린 속도에서 나타나는, 깜빡이는 밤낮의 교차가 되돌아와서 점점 뚜렷해졌다. 처음에 나는 이 변화에 무척 어리둥절했다. 밤낮의 순환이 점점 느려지고 하늘을 건너지르는 해의 발걸음도 점점 더뎌졌다. 몇 세기에 걸쳐 그러는 것 같았다. 마침내 지속적인 땅거미가 지상을 뒤덮고 이따금 밝은 혜성이 어둑한 하늘을 가를 뿐이었다. 해를 의미하는 빛줄기는 사라진 지 오래였다. 해는 지지 않았다. 그저 서녘을 오르내리며 갈수록 커지고 붉어졌다. 달의 흔적은 전혀 보이지 않았다. 빙빙 돌던 별들이 점차 느려져 꾸물거리는 빛점이 되었다. 머신을 정지하기 조금 전에 드디어 붉고 거대한 태양이 지평선 위에서 꼼짝 않고 멈추었다. 흐리터분하게 이글거리는 그 광대한 구체가 이따금 꺼지곤 했다. 한번은 잠깐 밝게 타오르는 듯싶더니 이내 탁한 붉은빛으로 되돌아갔다. 느릿느릿 오르내리는 태양을 보고 나는 조석력[43] 작용이 완료되었음을 감지했다. 지구가 서서히 정지하여 태양에게 한 면만을 보이고 있는 것이었다. 우리 시대에 달이 지구에게 한 면만을 보이는 것처럼. 고꾸라져 나자빠진 전례를 떠올리며 나는 아주 천천히 속도를 늦추었다. 계기 바늘의 회전이 점차 느려져 이윽고 천 일 단위 바늘이 움직임을 멈추었고 너무 빨라 보이지도 않던 하루 단위 바늘이 식별이 가능해졌다. 더욱 속도를 늦추었더니 잠시 뒤에 황량한 해변이 어슴푸레 윤곽을 드러냈다.

아주 부드럽게 타임머신을 정지시키고 앉은 채 주위를 둘러보았다. 하늘은 파랗지 않았다. 북동쪽 하늘은 먹빛 암흑이었고 그 암흑 속에서 파리한 흰 별들이 변함없이 밝게 빛나고 있었다. 머리 위는 짙은 황적색으로 별들이 없었다. 남동쪽으로 갈수록 점점 밝아져 시뻘건 진홍빛이었다. 그 지평선에는 붉고 거대한 태양의 구체(軀體)가 움직임 없이 걸려 있었다. 주변 바위들은 음침하게 불그스름한 빛깔을 띠고 있었다. 첫눈에 비친 생명의 자취라곤 남동쪽 지면의 튀어나온 곳을 모조리 뒤덮은 진녹색 식물뿐이었다. 숲 속 이끼나 동굴 속 지의류(地衣類)에서 볼 수 있는 그런 진한 녹색이었다. 영원한 미명 속에서 자라는 그런 식물과 비슷했다.

타임머신은 경사진 해변에 서 있었다. 바다는 남서쪽으로 뻗어 나가 선연히 밝은 수평선에 닿았고 그 위로 어둠침침한 하늘이 맞물렸다. 바람 한 점 일지 않아 파랑이나 파도는 없었다. 바닷물이 부드럽게 너울거리는 것은 아직도 죽지 않고 살아 있는 영원한 바다의 가녀린 숨결 같았다. 이따금 물결이 와서 부딪히는 물가에는 소금이 두껍게 끼어 있었다. 붉은 하늘 아래 불그스름한 소금 버캐였다. 머릿속이 무지근하고 숨결이 몹시 거칠어져 있었다. 딱 한 번 등산을 해본 적이 있는데 그때 느낀 기분과 흡사했다. 현재보다 공기가 좀 더 희박해진 모양이었다.

내가 있는 황량한 비탈 저 위에서 꽥꽥거리는 소리가 났다. 거대한 흰나비 같은 것이 비스듬히 펄럭펄럭 하늘을 날아 빙 돌며 나지막한 등성이 너머로 사라졌다. 그 날짐승의 괴성이 워낙 음산해서 나는 부르르 떨며 안장 위에 딱 붙어 앉았다. 다시 주위를 둘러보니 불그스름한 바윗덩어리라고 여겼던 것이 바로 코앞에서 내 쪽으로 천천히 다가오고 있었다. 자세히 보니 참으로 괴기스러운, 게 같은 생물이었다. 웬만한 테이블 크기의 게가 다수의 발로, 움직이는 듯 마는 듯 굼지럭거리고 집게발을 근드렁거리며, 짐 마차꾼의 채찍 같은 긴 더듬이로 이리저리 더듬으면서, 금속 같은 앞이마 양옆으로 툭 불거진 눈알을 뒤룩이며 다가오는 모습을 여러분은 상상할 수 있겠는가. 등짝에는 물결 모양의 주름이 잡히고 울퉁불퉁 꼴사나운 장식을 하고 있었다. 푸르스름한 딱지가 여기저기 너덜너덜 붙어 있었다. 복잡한 입가에 난 많은 촉수를 살랑거리며 더듬더듬 다가오고 있었다.

내게로 기어오는 그 흉물을 응시하고 있는데 뺨에 날벌레라도 앉은 듯 간지러움이 느껴졌다. 그것을 손으로 쓸어냈다. 금방 또 달라붙었다. 거의 동시에 귓가에도 간지러운 것이 닿았다. 손으로 잡아보니 무슨 실오라기 같은 것이었다. 그것이 잽싸게 내 손을 빠져나갔다. 섬뜩한 기분에 돌아보니 바로 뒤에 있는 다른 괴물의 더듬이를 내가 잡았던 것이었다. 자루[44]에 붙은 사악한 눈알을 뒤룩거리고 입맛을 쩍쩍 다시면서 무슨 끈끈한 해조류를 묻힌 우악스러운 큰 집게발

타임머신 159

을 내게로 내리뻗으려 하고 있었다. 다음 순간 나는 레버를 조작하여 그 괴물들을 떨치고 한 달을 나아갔다. 여전히 그 해변이었다. 이번에는 머신을 멈추자마자 놈들을 또렷이 알아보았다. 여남은 놈들이 음울한 빛 속에서 여기저기 넓적한 진녹색 잎사귀들 사이를 꿈틀거리고 있었다.

그 세상에 드리워진 불길하고 을씨년스러운 기운을 어떻게 설명해야 좋을지 모르겠다. 붉은 동녘 하늘, 컴컴한 북녘, 소금의 사해(死海), 바위투성이 해변, 그 위를 구물구물 기어 다니는 흉측한 괴물들, 독기 서린 듯 한결같은 녹색 지의류 식물, 폐에 해로운 희박한 공기……. 이 모든 게 섬뜩한 분위기를 풍겼다. 나는 백 년을 나아갔다. 좀 더 부풀고 탁해진 태양, 죽어가는 바다, 쌀쌀한 공기, 녹색 식물과 붉은 바위 사이를 들락날락 기어 다니는 육지 갑각류 무리……. 이 모든 게 변함없이 그대로였다. 서녘 하늘에 거대한 초승달 같은 둥그스름하고 희멀건 빛이 보였다.

그렇게 이따금 멈추면서 일이천 년씩 성큼성큼 진행했다. 지구 종말의 신비에 이끌려, 서녘 하늘에서 더욱 커지고 흐려지는 태양과 옛 육지에서 시들어가는 생명체를 묘한 매혹에 빠져 지켜보았다. 마침내 삼천만 년도 더 나아가자 거대하고 시뻘건 태양의 구체가 어두운 하늘을 거의 10분의 1이나 가리게 되었다. 나는 또 정지했다. 구무적거리던 게 떼가 사라지고 붉은 해변에는 선연한 녹색 우산이끼와 지의류를 빼면 생명이라곤 없었다. 이제 해변은 하얗게 얼룩졌다. 매서운 추위가 엄습했다. 때때로 진귀한 하얀 가루가 소용돌이치며 하늘에서 내렸다. 북동쪽 컴컴한 하늘 별빛 아래 눈빛이 반짝였다. 굽이굽이 흐르는 산줄기가 불그스름했다. 바닷가를 따라 얼음이 눌어붙고 앞바다에는 얼음덩어리들이 떠다녔지만 영구한 황혼에 오로지 핏빛으로 물든 염해(鹽海) 대부분은 아직 얼어붙지 않았다.

동물의 자취가 아직도 남아 있는지 주위를 둘러보았다. 뭐라 말할 수 없는 불안감에 나는 타임머신의 안장에 달라붙어 있었다. 그러나 육지에도 하늘에도 바다에도 움직이는 것은 하나도 없었다. 바위를 덮은 녹색 점착물만이 아직 생명이 절멸하지 않았음을 증언하고 있었다. 바다 속에서 얕은 모래톱이 나타났고 해변에서 물이 빠져나갔다. 그 모래톱에서 어떤 검은 물체가 느릿느릿 움직이는 것 같았다. 하지만 자세히 보니 꼼짝도 하지 않았다. 내가 잘못 본 것 같았다. 그 검은 물체는 바위에 불과한 듯했다. 하늘의 별들은 선명하게 밝았고 거의 깜빡이지 않았다.[45]

돌연 서쪽 해의 둥근 윤곽에 변화가 생겼음을 알았다. 그 한쪽 귀퉁이를 만(灣) 같은 게 움푹하게 가렸는데 가려지는 부분이 점점 커졌다. 낮 시간을 집어삼키는 그 어둠을 1분쯤 멍하니 바라보다가 문득 식(蝕)이 시작되고 있음을 깨달았다. 달이나 수성이 태양 표면을 지나고 있었다. 처음엔 당연히 달이라고 여겼는데 실제로 내가 본 것은 지구에 근접하여 통과하는 내행성[46]의 움직임이라고 믿고 싶은 마음이 커졌다.

어둠이 빠르게 퍼졌다. 찬 바람이 동녘으로부터 세차게 불어오고 하얀 눈가루가 제법 많이 내렸다. 바닷가에는 잔물결이 찰랑찰랑 부서졌다. 생명 없는 이런 소리를 제외하면 세상은 고요했다. 고요라는 말로는 그 적막감을 설명하기 힘들다. 모든 인간의 소리, 양의 울음소리, 새의 우짖음, 곤충의 앵앵거림, 우리 삶의 이면에 존재하는 모든 소음이 사라지고 없었다. 어둠이 첩첩해지자 눈보라가 쏟아지며 춤을 추었고 냉기가 더욱 날카로워졌다. 급기야 먼 산줄기의 하얀 봉우리들이 하나둘씩, 둘씩, 셋씩 걷잡을 수 없이 암흑에 잠겨들었다. 세찬 바람이 우우 휘몰아쳤다. 식의 검은 그림자가 몰려오고 있었다. 다음 순간 파리한 별빛들밖에 없었다. 천지는 컴컴한 어둠 속에 묻혔다. 하늘은 암흑이었다.

대암흑의 공포가 나를 덮쳤다. 추위가 뼛속까지 스며들고 숨쉬기가 고통스러웠다. 덜덜 떨리고 심한 구역질이 일었다. 이윽고 시뻘건 활 같은 태양 가장자리가 하늘에 나타났다. 나는 쉬려고 타임머신에서 내렸다. 어질어질하고 무기력해서 귀로 여행을 감당할 수 없었다. 그렇게 메스껍고 어지러운 채 서 있는데 모래톱에서 움직이는 것이 있었다. 이번에는 동체(動體)임에 틀림없는 것이 붉은 바닷물을 배경으로 움직이고 있었다. 둥근 것이었다. 축구공만 하거나 조금 큰 것으로 더듬이가 치렁거렸다. 넘실거리는 핏빛 물결을 배경으로 검은 그것은 간헐적으로 깡충깡충 뛰었다. 내 의식이 흐려지고 있었다. 머나먼 미래의 경이로운 미명 속에 혼자 고립되어 있다는 극심한 두려움에서 벗어나야겠다는 일념으로 간신히 타임머신 안장에 기어올랐다.

12

그렇게 해서 돌아왔다. 오랫동안 타임머신에 탄 채 의식 불명이었던 모양이었다. 밤낮의 깜빡이는 교차가 재개되고 태양은 다시 금빛이 되고 하늘은 파랬다. 숨쉬기가 훨씬 수월해졌다. 요동치는 지형 윤곽이 밀려왔다 쓸려 갔다. 계기 바늘들이 거꾸로 빙빙 돌았다. 마침내 쇠퇴기 인류의 증거인 그 궁전들의 흐릿한 형체가 다시 나타났다. 이것들도 변하고 사라져서 다른 것이 나타났다. 얼마 뒤 백만 일 바늘이 영(0)을 가리키자 나는 속도를 줄였다. 우리 시대의 보잘것없고 친숙한 건물들이 시야에 들어오기 시작하고 천 일 바늘이 출발점으로 되돌아갔다. 밤낮의 교차가 점점 느려졌다. 그러다가 연구실의 옛 벽이 나를 둘러쌌다. 아주 부드럽게 나는 머신의 속도를 줄여 나갔다.

거기서 이상한 일을 하나 보았다. 내가 막 출발해서 속력이 그리 높지 않았을 때 그 방을 가로지르는 워쳇 부인이 내게는 날아가는 로켓처럼 보였었다. 부인이 연구실을 질러가는 그 순간을 나는 귀환하면서 다시 통과하게 되었다. 그런데 이번엔 부인의 모든 동작이 이전과는 정반대로 보였다. 안쪽 끝 문이 열리고 부인이 뒷걸음질로 연구실을 소리 없이 미끄러지듯 질러가서 이전에 들어왔던 문 뒤로 사라졌다. 그 직후에 잠깐 힐리어[47]를 본 것 같았는데 그는 순식간에 사라졌다.

그다음에 타임머신을 멈추어서 정겨운 옛 연구실을 눈으로 둘러보았다. 공구와 설비 들이 변함없이 그곳에 있었다. 나는 타임머신에서 비틀비틀 내려 벤치에 앉았다. 몇 분간 몸을 심하게 떨었다. 그러다 진정이 되었다. 그곳은 내 그리운 실험실로 예전 모습 그대로였다. 거기서 잠이 들었는데 그 모든 게 꿈일는지도 모르겠다.

그래도 꿈은 아니었다! 타임머신을 출발시킬 때는 연구실 남동쪽 구석이었는데 돌아와 보니 북서쪽 벽에 바싹 붙어 있었다. 이동 거리는 몰록들이 내 머신을 좁다란 잔디밭에서 흰 스핑크스 대좌 속으로 옮겨 놓은 거리와 정확히 일치했다.

잠시 동안 머릿속이 멍했다. 이윽고 나는 일어나서 복도를 지나 여기로 왔다. 발꿈치가 여태 아파 절뚝거렸고 몸이 몹시 더러워진 느낌이었다. 문가 테이블 위에 놓인 《펠멜 가제트》를 보았는데 날짜가 오늘이 아닌가. 시계를 보니 8시가 다 되었다. 여러분들 목소리와 달그락거리는 접시 소리가 들렸다. 속이 몹시 울렁거리고 쇠약해진 터라 나는 망설였다. 그러다가 구수하고 영양가 있는 고기 냄새에 이끌려 문을 열고 여러분들 앞에 나타난 것이다. 나머지는 여러분이 잘 알 것이다. 씻고 식사하고 지금 이렇게 얘기를 들려주고 있으니까.

시간 여행자는 잠깐 사이를 두었다가 말했다.
"이 모든 얘기가 얼마나 믿기지 않을지 잘 알고 있네. 오늘 밤 여기 정겨운 방에서 그대들의 반가운 얼굴을 바라보며 이 기이한 모험담을 들려주고 있는 나 자신부터가 믿기지 않으니 말일세."
그는 의사 쪽을 바라보았다.
"아니, 자네더러 믿어달라는 게 아니야. 거짓말이나 예언으로 치부하게. 실험실에서 꿈을 꾼 거라고 말하게. 인류의 운명을 사유하다가 지어낸 이야기쯤으로 생각하게. 사실이라는 내 주장을 그저 흥미를 돋우기 위한 얄팍한 기교쯤으로 받아들이게. '허구'라고 전제하고서 다들 이 이야기를 어떻게 생각하나?"
그는 담배 파이프를 집어 들어 오랜 버릇대로 난롯가 쇠살대 위를 톡톡 두드리며 안달했다. 잠시 침묵이 흘렀다. 그러다가 의자들이 삐걱대고 신발들이 카펫을 쓸었다. 나는 시간 여행자의 얼굴에서 시선을 떼어 좌중을 둘러보았다. 그들은 어둠에 묻혀 있었고 내 눈앞에 알록달록한 반점이 아른거렸다. 의사는 시간 여행자에 관해 골똘히 생각하는 모양이었고, 편집자는 담배(여섯 개비째) 끄트머리를 노려보고 있었다. 기자는 회중시계를 찾아 더듬었다. 다른 이들은, 내가 기억하기론 꼼짝도 않고 있었다.

편집자가 한숨을 쉬며 일어났다.

"자네가 소설가가 아니어서 얼마나 안타까운지 모르겠네!" 하고 한 손을 시간 여행자의 어깨에 얹었다.

"믿지 않는 건가?"

"글쎄……."

"믿지 않는군."

시간 여행자가 우리를 돌아보았다.

"성냥 어디 있지?"

성냥 한 개비를 켜서 파이프를 뻑뻑 빨며 말했다.

"솔직히 말해서…… 나부터도 믿기가 힘들어……. 그런데……."

그는 작은 테이블 위에 놓인 시든 흰 꽃을 궁금한 눈빛으로 내려다보았다. 그러다가 파이프를 쥐고 있던 손을 뒤집어 손마디의 덜 아문 상처를 들여다보았다.

의사가 일어나 램프 가까이 가서 꽃들을 살펴보았다.

"암술이 특이하군."

심리학자가 상체를 수그리며 한 송이를 집으려고 손길을 뻗쳤다.

"이거 작살났군. 벌써 1시 15분 전이야. 집에 어떻게 가지?"

기자가 말했다.

"역에 가면 삯마차가 많네."

심리학자가 말했다.

"참 신기한 꽃이군. 근데 이 꽃들의 자연분류를 전혀 모르겠단 말이야. 가져가도 될까?"

의사가 말했다.

시간 여행자가 망설이다가 불쑥 말했다.

"안 되네."

"이건 대체 어디서 구했나?"

의사가 말했다.

시간 여행자는 한 손을 머리털 속에 쑤셔 넣고는 달아나려는 생각을 붙잡아 두려는 사람처럼 말했다.

"내가 시간을 여행할 때 위나가 호주머니에 넣어준 것이네." 하고 시간 여행자는 방 안을 둘러보았다.

"그게 사실이 아닐 리가 없어. 이 방을 다시 보고 자네들을 다시 만나고 매일 기압이 달라지니까 기억이 혼란스러워. 내가 정말 타임머신을 만들었던 걸까? 아니면 타임머신 모형만 만들었을까? 아니면 한바탕 꿈에 불과한 걸까? 인생은 꿈이라고들 말하지. 때론 지극히 보잘것없는 꿈이라고. 하지만 앞뒤가 들어맞지 않는 꿈은 참을 수가 없어. 그건 미친 거야. 그런데 이 꿈은 어째서 꾸게 된 걸까……? 타임머신을 보러 가야겠어. 그 머신이 존재한다면!"

그는 램프를 휙 집어 들었다. 발갛게 너울거리는 그것을 들고 문을 열고 복도로 나갔다. 우리는 그를 뒤따랐다. 깜박이는 램프 불빛에 타임머신이 또렷이 드러났다. 흉한 몰골로 비뚜름하게 웅크리고 있는 그것은 놋쇠와 흑단과 상아와 반투명 미명(微明)을 띤 석영으로 이루어져 있었다. 손을 내밀어 가로대를 만져보니 튼튼했다. 상아에 갈색 반점과 얼룩이 묻어 있고 기계 아랫부분에 풀과 이끼가 조금 붙어 있었으며 가로대 하나가 구부러져 있었다.

시간 여행자는 램프를 벤치에 내려놓고 손상된 가로대를 손으로 쓸어보며 말했다.

"이제 아무 문제 없어. 내가 했던 이야기는 사실이었어. 추운데 이렇게 오게 해서 미안하네." 하고 램프를 집어 들었다. 우리는 깊은 침묵에 잠겨 흡연실로 돌아왔다.

시간 여행자는 우리를 따라 현관홀까지 나와 편집자가 외투 입는 걸 도왔다. 의사가 그의 얼굴을 살피다가 좀 주저하면서 과로로 인한 신경과민이라고 말하자 그는 폭소를 터뜨렸다. 열린 현관에 서서 잘 가라고 목청을 높이던 그의 모습이 선연하다.

나는 마차에 편집자와 합승했다. 그는 시간 여행자의 얘기를 '번지르르한 거짓말'로 치부했지만 나로서는 뭐라 결론 내릴 수 없었다. 이야기는 공상적이고 터무니없었지만 말투는 믿음이 가고 멀쩡했다. 나는 그날 밤 그것을 생각하며 거의 밤을 지새우다시피 했다. 날이 밝으면 시간 여행자를 다시 찾아가 보기로 마음먹었다. 시간 여행자는 연구실에 있다고 했다. 자주 들락거리는 집이라 연구실로 올라갔다. 그곳에 그는 없었다. 나는 잠깐 타임머신을 쳐다보다가 손을 내밀어 레버를 만졌다. 그러자 앙바틈하고 견고해 뵈는 그 기계 덩어리가 바람에 흔들리는 나뭇가지처럼 들썩거렸다. 그 불안한 움직임에 자지러지게 놀란 나는 남의 물건에 손대지 말라고 주의를 듣곤 했던 어린 시절의 야릇한 기억을 떠올렸다. 복도로 다시 나와서 흡연실에 있는데 시간 여행자가 복도를 지나다가 나와 마주쳤다. 그는 집을 나서려는 차림이었다. 한 손엔 작은 카메라를 들고 다른 손엔 배낭을 들었다. 나를 보자 껄껄 웃으며 팔꿈치로 내 옆구리를 쿡쿡 찔렀다.

"정신없이 바쁘네. 저기 저것 때문에."

"무슨 속임수는 아닌가? 자네 정말 시간을 여행하나?"

"정말이고 진짜네."

그는 진지하게 내 눈을 쳐다보았다. 다소 머뭇거리며 방 안을 둘러보았다.

"30분이면 되네. 자네가 왜 왔는지 알아. 정말 잘 왔네. 여기 잡지라도 보고 있게나. 점심때까지 기다려준다면 이번 시간 여행을 낱낱이 증명해 주지. 표본이고 뭐고 모조리. 이제 다녀와도 되겠나?"

당시 나는 그 말의 참뜻을 까맣게 모른 채 그러라고 했다. 그는 고개를 끄덕이곤 복도를 계속 지나갔다. 연구실 문이 쾅 닫히는 소리가 났다. 나는 의자에 앉아 일간신문을 집어 들었다. 그는 점심 전에 무얼 하려는 걸까? 한 광고를 보다가 문득 출판업자 리처드슨과 2시에 만나기로 한 약속이 떠올랐다. 회중시계를 보니 서두르면 제시간에 댈 수 있었다. 시간 여행자에게 알리려고 나는 복도를 따라갔다.

연구실 문손잡이를 잡았을 때 기묘하게 끝이 뚝 끊긴 외침 소리와 함께 찰칵, 덜커덩 하는 소리가 들렸다. 문을 여니까 돌풍이 휘몰아쳤고 안쪽에서 유리가 바닥에 떨어져 깨지는 소리가 들렸다. 시간 여행자는 그곳에 없었다. 한순간 빙빙 도는 검정빛과 구릿빛 덩어리 속에 어떤 유령 같은 흐릿한 형체가 들어앉은 듯 보였다. 너무나 투명한 형체라서 뒤쪽 벤치와 그 위의 스케치 종이들까지 또렷하게 보였다. 하지만 이 유령은 내가 눈을 비비는 사이에 사라졌다. 타임머신이 보이지 않았다. 먼지바람이 가라앉고 있을 뿐 연구실 안쪽은 휑뎅그렁했다. 천장 채광창 유리가 깨어진 모양이었다.

그 황당무계함에 나는 입을 다물지 못했다. 이상한 일이 일어났음에 틀림없었다. 그 순간에는 그 이상한 일이 무엇인지 알지 못했다. 그렇게 멍하니 서 있는데 정원으로 난 문이 열리고 남자 하인이 나타났다.

우리는 서로를 쳐다보았다. 그러다가 정신을 차리고 내가 물었다.

"○○○ 씨가 그리로 나갔나?"

"아뇨, 아무도 이리로 나오지 않았습니다. 주인님이 여기에 계시는 줄 알았는데요."

그제야 나는 알았다. 리처드슨을 실망시킬 각오를 하고 나는 시간 여행자를 죽치고 기다렸다. 그가 더욱 괴상한 두 번째 이야기를 들려주길, 그리고 표본과 사진을 가져오길 기다렸다. 하지만 이제는 평생을 기다려야 할지도 모른다. 시간 여행자가 모습을 감춘 지도 벌써 3년이 지났다. 다들 짐작하겠지만, 그는 아직 돌아오지 않았다.

에필로그

우리로서는 경이로울 뿐이다. 그는 과연 돌아올 것인가? 그가 과거로 돌진해서 피를 빨아 먹고 사는 구석기 시대의 털북숭이 야만인들을 맞닥뜨렸다거나 백악기의 바다 심연에 떨어지지는 않았을까? 아니면 쥐라기의 기괴한 도마뱀이나 거대한 파충류를 맞닥뜨리지는 않았을까? 어쩌면 (적절한 상상인지는 모르겠지만) 트라이아스기의 플레시오사우루스[48]가 출몰하는, 물고기 알처럼 생긴 석회암 산호초에서 헤매거나 적막한 짠물 호숫가를 떠돌고 있는 것은 아닐까? 혹은 가까운 미래 시대로 간 건 아닐까? 사람의 모습은 별로 바뀌지 않았지만 우리 시대의 난제가 풀리고 우리의 지긋지긋한 문제가 해결된 인류의 성년기로 말이다. 서툰 실험과 단편적인 학설과 상호 불화가 만연한 요즘 시대를 인간의 최전성기라고 볼 순 없으니까. 적어도 나는 그렇게 생각한다. 타임머신이 만들어지기 오래전에 그와 그 주제에 관해 토론했기 때문에 나는 알고 있다. 그는 인류의 진보를 어둡게 보았다. 쌓아 올린 문명이 필연적으로 무너져서 결국에는 그것을 쌓아 올린 자들을 파멸시킬 것이기 때문에 애초에 헛고생이라고 했다. 그게 사실이라면 우리는 그렇지 않다는 듯 살아낼 도리밖에 없다. 하지만 내게 있어 미래는 여전히 암흑이고 공백이다. 기억에 의존한 그의 이야기가 밝힌 몇몇 군데만 빼면 광활한 미지다. 나는 위안 삼아 이상한 흰 꽃 두 송이를 곁에 두고 있다. 이젠 갈색으로 쭈그러들고 납작해지고 버석버석해진 그 꽃은 지력과 체력이 사라진 미래에도 여전히 감사하는 마음과 서로를 아끼는 마음이 인간의 가슴속에 살아 있었음을 증거하고 있다.

부록 1

웰스의 서문
(1931)

『타임머신』은 1895년에 출간되었다. 누가 봐도 초보 작가의 작품인지라 빛을 못 보고 묻힐 수도 있었지만, 작품의 독창성 때문에 삼십여 년이 지난 지금에도 출판사와 독자 들의 반응이 끊이지 않는 게 아닌가 한다. 이 작품의 최종본(이후 사소한 수정이 있었지만)은 켄트의 세븐옥스에서 하숙하면서 썼다. 당시는 저널리스트로서 근근이 먹고살던 때였는데, 내가 자주 기고하던 신문과 잡지에서 내 원고를 거의 사 가지 않던 궁핍한 달도 있었다. 내 기고를 받아줄 만한 런던의 모든 신문사와 잡지사 들은 아직 싣지도 않은 원고들을 충분히 쌓아두고 있었기 때문에 그 적재가 해소되기까지는 원고를 계속 쓴다는 게 부질없어 보였다. 그래서 나는 이 암담한 상황에 냉가슴을 앓기보다는 새로운 분야에서 판로를 개척하자는 바람으로 이 소설을 썼다. 어느 늦은 여름밤, 열린 창문 옆에서 나는 이 작품을 쓰고 있었고 매정한 하숙집 여주인은 바깥 어둠 속에서 나에게 불평을 늘어놓던 게 기억난다. 램프를 과도하게 사용한다는 이유에서였는데 내 환상세계를 밝히는 램프가 꺼지지 않는 한 여주인은 잠자러 가려 하지 않았다. 그렇게 나는 램프를 동무 삼아 글을 썼다. 또한 먹는 게 부실하고 불안과 희망이 교차하던 그 겁 없던 시절에 나를 굳건히 지탱해 준 소중한 불빛들이 있는 놀파크를 거닐면서 이 소설을 검토하고 기본 개념을 잡았던 게 생각난다.

당시 이것은 내 유일한 아이디어였다. 언젠가는 『타임머신』보다 훨씬 더 긴 내용의 책을 내놓으리라는 희망에서 그때까지 아껴두었던 아이디어였지만 무언가 잘 팔릴 만한 책이 당장 필요한 상황에서 어쩔 수 없이 그것을 이용해 먹을 수밖에 없었다. 안목 있는 독자라면 이 소설이 아주 거친 작품임을 눈치챘으리라. 앞부분 토론은 꼼꼼하게 계산하고 썼지만 뒷장들은 그렇질 못하다. 원대한 계획에서 빈약한 이야기가 튀어나온 것이다. 아이디어를 설명하는 앞부분은 1893년 헨리가 편집장으로 있던 《내셔널 옵저버》에 이미 실렸기 때문에* 1894년 세븐옥스에서 급히 써 내려갔던 부분

---

* 여기서 웰스는 『타임머신』의 앞부분이 실렸던 시기를 잘못 알고 있다. '시간 여행자의 이야기'라는 제목으로 윌리엄 어니스트 헨리가 책임편집한 7회분 연재 원고는 실제로 《내셔널 옵저버》에 1894년 3월부터 6월까지 분재되었다.—패트릭 패런더

은 후반부였다.

내 유일한 아이디어가 이제 만인의 것이 되었다. 나만의 독특한 아이디어는 아니었다. 다른 사람들도 슬슬 관심을 보이던 주제였다. 이 아이디어가 처음 내 마음에 떠오른 것은 1880년대 왕립과학대학의 토론 모임과 실험실에서 학생들과 토론을 벌이면서였는데, 이 특별한 소설에 적용하기 전에 이미 다양한 형태로 시도했던 개념이었다. 이 개념을 설명한다면, 시간은 네 번째 차원이고, 우리가 흔히 말하는 '현재'는 사차원 우주에서 삼차원의 한 영역을 일컫는 말이다. 이 관점에서 보면 시간 차원과 나머지 차원의 유일한 차이점은 의식의 흐름을 수반하느냐의 여부다. 의식 흐름에 따라 현재의 진행이 이루어지기 때문이다. 따라서 진행하는 현재를 어느 지점에서 잘라내느냐에 따라 다양한 '현재'가 있을 수 있고(이것은 한참 뒤에야 과학 범주에 들어온 상대성 개념의 다른 표현이다.) 마찬가지로 '현재'라 불리는 영역은 수학적인 것이 아니라 실재하기 때문에 다양한 층위를 지닐 수 있다. 따라서 '지금'은 동시적인 것이 아니라 길고 짧은 시간의 척도이자 현대 사상의 흐름에서 여전히 올바른 인식을 이루어야 할 문제다.

그러나 내 소설은 이런저런 가능성을 탐구하자는 게 아니었다. 나는 그런 탐구를 어떻게 진행하는지조차 몰랐다. 그 분야에 대해 충분한 교육을 받지 못했을뿐더러 소설이란 게 심층 연구를 위한 수단이 아니다 보니, 나는 서두에서 그 패러독스를 설명하다가 당시의 스티븐슨과 초기 키플링 작품에서 두드러지는 상상의 모험으로 은근슬쩍 넘어갔다. 일찍이 나는 엄격한 독일식으로, 그리고 너새니얼 호손 식으로 습작을 써서 《사이언스 스쿨스 저널》(1888~1889)에 실은 바 있는데 다행히도 지금은 구해 볼 수 없는 작품이다.* 가브리엘 웰스 씨**의 전 재산으로도 그 판본을 되찾을 수 없다.[1] 개념을 살린 이야기가 또 한 편 있는데 1891년 《포트나이틀리 리뷰》에 싣기로 되어 있었지만 결국 묻히고 말았다. 「단단한 우주(The Universe Rigid)」라는 작품으로, 이것 역시 분실해서 복구가 불가능하다. 그에 반해 다소 정통에 가까운 이전 에세이인 「유일의 재발견(The Rediscovery of the Unique)」은 원자의 개별성을 주장한 것으로, 같은 해 《포트나이틀리 리뷰》 7월 호에 실려 빛을 보았다. 당시 잡지 편집장이었던 프랭크 해리스 씨는 20년 뒤에나 출판해야겠다면서 나를 심하게 나무라고는 곧 자신의 말을 어겼다. 이전 호를 남겨 뒀다면 《포트나이틀리 리뷰》 보관소에 있을 터인데 살아남은 과월호가 과연 있을지 의문이다. 내게 한 부 있으

---

* 웰스는 「시간 탐험가들(The Chronic Argonauts)」이라는 단편소설을 말하고 있는데 1888년 4월에서 6월 사이 《사이언스 스쿨스 저널》에 실린 것으로 타임머신 개념을 처음 소개한 작품이다.—패트릭 패린더
**부유한 미국인 서적상.—영어판 편집자 주

리라 한동안 생각했었는데 찾아보니 보이지 않았다.

그런 습작들과 구별되는 『타임머신』은 착상을 다루는 방법에서뿐만 아니라 그 관념에서도 당대를 반영하고 있다. 다시 한번 훑어보니 지금의 원숙한 필자 눈에는 여간 풋내기 솜씨로 보이는 게 아니다. 하지만 당시로선 인류 진화에 대한 필자의 철학을 끝까지 밀어붙였다. 인류가 엘로이와 몰록으로 분화한다는 발상은 지금 보면 단순하기 그지없는 생각이다. 사춘기 시절 나는 조너선 스위프트의 작품에 굉장한 매력을 느꼈었고, 인류 미래 풍경의 이 순진한 비관주의는 역시나 비관적인 『모로 박사의 섬』과 마찬가지로 내가 막대한 빚을 진 어느 대가에게 바치는 조악한 헌사에 불과하다. 게다가 그 시절 지질학자와 천문학자 들은 세상이 결국 얼어붙어서 그 속의 생명과 인류까지 그리될 것이라는 무시무시한 거짓말을 우리에게 들려주었다. 재앙을 피할 길은 없어 보였다. 백만 년쯤 뒤에는 모든 생명 활동이 끝날 것이었다. 그들은 자신들의 권위를 총동원해 우리에게 이렇게 각인시켰다. 반면에 작금의 제임스 진스 경*은 자신의 저서 『우리를 둘러싼 우주(The Universe Around Us)』에서 수백만 년이

---

* 『우리를 둘러싼 우주』는 1929년 출간되었다. 진스(1877~1946)는 1920년대와 30년대에 천문학과 물리학 분야에서 다수의 인기 저작을 내놓은 작가로, 다른 저술로는 『공간과 시간을 통해(Through Space and Time)』(1934)가 있다. —패트릭 패린더

수백만 번 지난 다음에야 그리될 것이라고 우리를 안심시킨다. 인간이 무엇이든 할 수 있게 되고 어디에든 갈 수 있게 되는 미래를 기정사실로 본다면, 오늘날 인간의 전망과 관련해 유일하게 비관적인 것은 너무 일찍 태어나서 애석하다는 소심한 걱정 정도일 것이다. 그런 걱정조차 현대 심리철학과 생물철학을 통해 없앨 수 있다.

누구나 시행착오를 거쳐 성장하기 마련이므로 이 젊은 시절의 역작에 후회는 없다. 내 소중한 옛 친구 『타임머신』이 에세이와 담론 들 속에서 여전히 회고나 전망의 유용하고 편리한 도구로 재차 거론될 때마다 나는 아주 기분 좋은 자부심을 느끼는 게 사실이다. 이 글을 쓰고 있는 내 책상 위에는 1929년에 발간된 『바턴 박사의 시간 여행(The Time Journey of Doctor Barton)』*이 놓여 있는데, 36년 전에는 꿈도 꾸지 못했던 내용들로 가득 차 있다. 그러고 보니 『타임머신』은 최초 발행일로부터 대략 계산하면 다이아몬드 재질 자전거 차체만큼이나 오래 존속하고 있는 셈이다. 게다가 기쁘기 그지없게도 지금도 출판될 참이니 작가보다 작품이 더 오래 생존할 것임은 자명한 일이다. 나는 오래전에 저서에 서문 쓰는 습관을 버렸지만 이번만은 예외로, 과거를 회상하면서 한두 마디 하게 되어 무척 자랑스럽고 행복하다. 36년 전에

---

* 존 호지슨이 편집한 이 책은 '실현 가능성에 기반한 공학적, 사회학적 예상'이라는 부제를 달았다. —패트릭 패런더

시간 차원을 거슬러 살았던 가난하고 명랑한 웰스라는 한 청년에게 다정한 칭찬의 말을 건네면서 끝을 맺는다.

H. G. 웰스

부록 2

웰스의 생애

패트릭 패린더

 허버트 조지 웰스는 1866년 9월 21일, 켄트 군(郡) 브롬리의 작은 읍(후에 외곽을 확장하는 외부 런던(Outer London)에 편입된 지역이다.)에서 태어났다. 과거 정원사였던 부친 조지프 웰스는 속구 던지기로 유명한 지역 크리켓 선수였는데, 중국 상품과 크리켓 배트를 파는 작은 가게가 브롬리 중심가에 있었다. '아틀라스[1] 하우스'라는 거창한 이름을 가진 상점이었지만, 가족 생활은 지하의 비좁은 부엌에서 주로 이루어졌다. 얼마 안 있어 부친이 다리를 다쳐 크리켓을 그만두는 바람에 살림살이가 궁핍해졌다.
 '버티'[2] 웰스는 어려서부터 공부에 특출한 재능을 보였지만 열세 살 되던 해, 부모가 갈라서는 바람에 소년은 생계를 스스로 해결해야 했다. 부친은 파산했고, 모친은 집을 나가서 예전 처녀 시절에 어느 숙녀의 하녀로 일했던 서식스 주

(州) 업파크 시골 대저택의 가정부로 들어갔다. 웰스는 학교를 그만두고 두 형들을 따라 포목상 도제로 들어갔다. 초등학교 교생과 약제사 조수로 잠깐 일한 뒤, 웰스는 1881년 사우스 시의 백화점에 견습사원으로 취직해서 하루 열세 시간 일하면서 동료 견습사원들과 기숙사에서 잤다. 이때가 웰스의 인생에서 제일 불운했던 시절로, 웰스는 훗날 이 시기의 경험을 『킵스(Kipps)』(1905), 『폴리 씨의 내력(The History of Mr. Polly)』(1910)과 같은 코믹 소설에서 되살린다.(킵스와 폴리는 노예와 다를 바 없는 포목점 생활에서 간신히 탈출한다.) 1883년에는 고생만 하던 모친의 도움으로 도제 계약을 파기한 뒤, 업파크 근처 미드허스트 문법학교에 보조 교사 자리를 얻었다. 오랫동안 억눌렸던 그의 지적 발달은 이때부터 놀라운 성취를 보인다. 일련의 과학 과목 시험을 통과한 그는 1884년 9월, 사우스 켄싱턴에 위치한 과학사범학교(나중에 왕립과학대학으로 바뀌었고, 현재 임페리얼 칼리지의 일부가 되었다.)에 국비 장학생으로 입학한다.

웰스는 그의 수많은 저서에서 볼 수 있듯 타고난 교육자였다. 그리고 교육자이기 이전에 열성적인 학생이었다. 운 좋게도 그는 빅토리아 왕조(1837~1901)의 유력한 과학 사상가이자 다윈의 친구이며 그 지지자인 T. H. 헉슬리에게서 생물학과 동물학을 배웠다. 웰스는 헉슬리의 가르침을 절대 잊지 않은 반면, 다른 교수들의 수업은 지루해할 뿐이어서 여타 과목에 대한 흥미는 급속히 식어버렸다. 2년차 물리학 시험에는 간신히 합격했지만 3년차 지질학 시험에 떨어져 학위를 취득하지 못하고, 1887년 사우스 켄싱턴을 떠났다. 자연과학의 이론적 얼개와 그 무한한 가능성에 매혹된 그는 시시콜콜한 실기와 단순 반복으로 진을 빼는 실험실 작업을 못 견뎌 했다. 그는 수업을 빼먹고 문학과 역사책을 읽으며 시간을 보냈는데, 업파크의 묵은 먼지 쌓인 도서관을 구석구석 뒤지며 일찍이 품었던 궁금증을 풀 수 있었다. 대학 잡지 《사이언스 스쿨스 저널》을 창간해 사회주의를 지지하며 학생들과 논쟁을 벌이기도 했다.

  1887년 여름, 웰스는 북 웨일스에 있는 작은 사립학교의 과학 교사가 되었으나, 몇 주 뒤에 축구장에서 자신이 가르치던 학생과 부딪쳐 넘어지는 바람에 부상을 당했다. 3년의 고학 생활로 말미암은 허약함과 영양 부족으로 신장과 폐가 심각하게 나빠진 그는 업파크에서 몇 달간 요양한 뒤에 킬번에 있는 '헨리 하우스 스쿨'의 과학 교사로 복귀했다. 1890년, 런던대학의 우등 이학사 학위를 취득하여 동물학 부문에서 일등으로 졸업한 뒤에 '유니버시티 코레스판던스 칼리지'의 생물학 강사 자리를 얻었다. 1891년, 사촌 이자벨 웰스와 결혼하지만 공통점이 거의 없어 웰스는 얼마 뒤 자신의 학생인 에이미 캐서린 로빈스(통상 '제인'이라 불렸다.)와 사랑에 빠진다. 1893년 두 사람은 동거를 시작하고 2년 뒤에 웰스의 이혼이 성립되자 결혼한다.

생물학 강사로 지내면서 웰스는 작가와 저널리스트로서 서서히 두각을 나타낸다. 《에듀케이셔널 타임스》에 기사를 기고하면서 《유니버시티 코레스판던트》를 편집한 그는 1891년에 철학 에세이 「유일의 재발견」을 권위 있는 《포트나이틀리 리뷰》에 싣는다. 그의 첫 번째 저서는 『생물학 교본(Textbook of Biology)』(1893)인데, 이것의 출판과 동시에 건강이 다시 나빠져서 부득이하게 강사직을 그만두고 글쓰기에 생계를 의탁할 수밖에 없었다. 앞날이 몹시 불확실했지만 머잖아 당시 급증하던 신문과 잡지로부터 단편소설과 유머 에세이를 정기적으로 청탁받게 되었다. 소설 비평가로도 활동했고 1895년에는 잠깐 동안 연극 평론도 했다.

웰스는 학창 시절부터 시간 여행과 인류 미래 전망에 대한 소설 한 편을 틈틈이 써오고 있었다. 그 초기판을 《사이언스 스쿨스 저널》에 「시간 탐험가들(The Chronic Argonauts)」(1888)이란 단편소설로 게재한 그는, 시인이며 편집자인 W. E. 헨리의 아낌없는 격려 속에 수없이 퇴고하여 『타임머신』(1895)을 내놓는다. 『타임머신』은 발표와 동시에 성공을 거뒀고, 그것이 잡지에 연재되는 동안 웰스는 이미 사람들 사이에서 '천재'로 불렸다. 그는 '과학소설'의 창시자로 칭송받았는데 모험 이야기에 철학적 요소를 결부한 소설의 주인공들은 예기치 않은 과학 발전의 결과에 휘말려 생사를 넘나드는 고난을 겪는다. 이제 대중은 웰스의 소설을 기다리고 있었다. 『모로 박사의 섬(The Island of Doctor Moreau)』(1896), 『투명인간(The Invisible Man)』(1897), 『우주 전쟁(The War of the Worlds)』(1898), 『잠에서 깨어났을 때(When the Sleeper Wakes)』(1899)(이후 『잠에서 깨어나서(The Sleeper Awakes)』(1910)로 개정된다.), 『달 세계 최초의 인류(The First Men in the Moon)』(1901)와 몇몇 다른 작품들이 그의 펜 끝에서 쏟아져 나왔다.

20세기에 접어들어 영국과 미국에서 인기 작가로 기반을 다진 웰스의 작품들은 프랑스어, 독일어, 스페인어, 러시아어 등 유럽어로 빠르게 번역되었다. 그의 명성은 1860년대 이래 이 분야를 석권한 프랑스의 선배 과학 소설가 쥘 베른의 그것을 이미 능가하기 시작했다. 하지만 점점 자의식이 강해진 예술가 기질의 웰스는 쥘 베른 같은 아동용 모험 소설가로 역사에 남는 것에 만족하지 않고 더 큰 야망을 품었다. 『사랑과 루이섬 씨(Love and Mr. Lewisham)』(1900)는 그가 처음으로 사실주의를 도입한 소설로, 선생과 학생을 두루 경험한 자신의 경험담을 뚜렷하게 반영한 코믹한 성격의 작품이다. 에드워드 왕조(1901~1910) 말엽에 웰스는 영국 사회 문제를 다룬 『토노 벙게이(Tono-Bungay)』(1909)와 『신 마키아벨리(The New Machiavelli)』(1911)를 발표해서 당대의 대표적인 소설가 중 한 명으로 부상했다. 동료와 라이벌

문사로는 아널드 버넷과 조지프 콘래드, 포드 매독스 포드, 헨리 제임스가 있었다.

웰스는 예술 지상주의자와는 거리가 멀었다. 그는 사회 정치적 메시지를 담아내는 예언적인 작가였다. 그의 첫 번째 주요 논픽션 작품은 『예상(Anticipations)』(1902)으로 20세기 과학 기술의 진보에 따른 예상 가능한 결과를 상세히 다룬 미래학적 에세이다. 이 책으로 인해 페이비언 협회와 관계를 맺게 된 웰스는 정치 저널리스트이자 영국 좌파의 영향력 있는 대변자로서 활동을 개시한다. 페이비언 협회 시절 웰스는 『현대 유토피아(A Modern Utopia)』(1905)를 집필해서 버나드 쇼(웰스의 평생 친구이자 라이벌)와 비어트리스 웨브 같은 협회 지도자들의 관료주의, 개량주의적 견해에 문제를 제기했지만 별 소득이 없었다. 『신들의 음식(The Food of the Gods)』(1904)과 『공중전(The War in the Air)』(1908) 같은 웰스의 에드워드 시대 과학소설들은 도처에 유머를 깔았음에도 불구하고 의도적인 프로파간다를 벗어나지 못했다. 이 시기에 쓴 다른 미래 전쟁 관련 소설들에서 그는 탱크와 원자폭탄을 예견했다.

작가로 성공하자 웰스의 사생활은 엄청난 변화를 겪는다. 1898년, 건강이 나빠져서 런던을 떠나 켄트 해안으로 갔지만 여생을 통틀어 축구 부상으로 인한 여환(餘患)이라곤 노년에 발병한 당뇨병이 고작이었다. 그는 건축가 C. F. A. 보이시에게 의뢰해 영국 해협을 내려다보는 스페이드하우스라는 주택을 샌드게이트에 지었다. 여기서 웰스와 제인은 두 아들을 낳았는데, 그중 조지 필립(애칭 '지프')은 훗날 동물학 교수가 되어 아버지 웰스와 줄리언 헉슬리와 함께 생물학 백과사전인 『생명의 과학(The Science of Life)』(1930)을 공동 저술했고, 프랭크는 영화 산업에 종사하게 된다. 웰스는 부모는 물론, 자신과 함께 포목점을 탈출한 맏형에게도 재정적 지원을 아끼지 않았다. 하지만 점점 더 가족 바깥에서 정서적 위안을 구했던 그는 소문난 바람둥이가 되었다. 1909년에는 페이비언 협회의 선도적인 젊은 경제학자인 앰버 리브스 사이에 딸 하나를 두었고, 1914년 소설가이자 비평가인 레베카 웨스트는 웰스의 아들 앤서니 웨스트를 낳았는데, 앤서니의 혼란스러운 어린 시절은 훗날 자신의 소설 『유산(Heritage)』(1955)과 자신이 쓴 부친의 전기에 언급된다.

웰스의 사생활이 런던 문단의 화젯거리가 되면서 상상력이 풍부한 작가이자 정치 저널리스트 및 예언자로서의 그의 입지는 점점 흔들리게 되었다. 일례로 『앤 베로니카(Ann Veronica)』(1909)는 여성의 권리와 성적 평등, 당대의 도덕과 같은 주제를 소설화하고 논평한, 시사적이고 논란의 여지가 많은 소설이다. 이 소설은 그의 첫 번째 '토론 소설'로서 그의 대인 관계가 노골적으로 드러나는 부분이 적지 않다. 이후에 나온 소설들은 아주 다양한 형태를 띠지만, 폭넓

게 보면 모두 관념소설에 해당한다. 한 극단에는 사실적인 보고서 형식을 띤 『브리틀링 씨의 통찰(Mr. Britling Sees It Through)』(1916)이 있는데 1차 세계대전의 영국 전선 후방을 그린 것으로, 아직도 가치 있고 독특하게 읽힌다. 다른 극단에는 세계적 사건들을 예언적 대화 형태로 하나하나 다룬 정치 알레고리인 『꺼지지 않는 불(The Undying Fire)』(1919)과 『크로케 선수(Croquet Player)』(1936)와 같은 짤막한 우화가 있다.

웰스는 젊은 동시대인이었던 제임스 조이스나 버지니아 울프와 같은 실험 소설가는 결코 아니었지만 기법적 혁신을 자주 선보였는데, 몇몇 작품에서는 픽션과 논픽션의 경계를 허물어뜨렸다. 가끔은 전근대 고전을 자신의 문학 모델로 삼기도 했다. 가령 『현대 유토피아』(1905)는 토머스 모어 경의 『유토피아』와 플라톤의 『국가』를 참고했다. 그의 베스트셀러 역사물인 『세계사 대계(The Outline of History)』(1920)와 『세계사 개관(A Short History of the World)』(1922)은 역사의 이후 단계를 예기함으로써 역사 기술의 전통을 깼다. 이 작품들은 1차 세계대전에서 교훈을 얻어서 다시는 그 같은 대학살이 없도록 하려고 쓴 것이다. 웰스는 역사를 '교육과 재앙의 줄다리기'로 보았다. 동일한 목적에서 미래 역사소설 『다가올 세상(The Shape of Things to Come)』(1933)을 썼는데 나중에 영화 「다가올 세상(Things to Come)」의 시나리 오로 웰스 자신이 각색했다. 이 공상과학영화는 알렉산더 코르더가 1936년에 제작했다. 이 소설과 영화는 2차 세계대전의 발발과 그 끔찍한 참상에 대한 무서운 경고를 담고 있다.

1920년대에 웰스는 유명 작가이자 신문 지상에 이름이 빠질 날 없는 유명인사였다. 1918년에는 선전상(Ministry of Propaganda)에서 잠깐 일하면서 국제연맹 결성을 예견한, 전쟁 목적에 대한 비망록을 남겼다. 1922년에서 1923년에는 노동당 의회 후보로 나섰다. 그는 두 미국 대통령인 시어도어 루스벨트와 프랭클린 D. 루스벨트를 비롯한 세계 지도자들에게 영향을 끼치려고 애썼다. 1920년 크렘린 궁전에서 레닌을 만난 일과 1934년 레닌의 후임자 이오시프 스탈린과 대담한 일은 전 세계에 널리 알려졌다. 웰스의 높고 날카로운 목소리는 BBC 라디오에서 자주 들을 수 있었다. 1933년에는 지적 자유를 추구하는 작가들의 조직인 국제 펜클럽 회장으로 선출되었다. 같은 해 나치가 그의 책들을 베를린에서 공개적으로 불태웠으며 파시즘 국가인 이탈리아 방문이 웰스에게 금지되었다. 그의 사상은 양차 대전 사이에 유럽 통일을 주창한 압력단체인 범유럽연합에 지대한 영향을 미쳤다.

웰스는 인류가 자멸을 피하려면 반드시 세계 통일이 필요하다고 믿었다. 『공공연한 음모(The Open Conspiracy)』(1928)와 다른 저서들에서 웰스는 세계 시민과 세계 정부에 대한 자신의 이론을 펼쳤다. 2차 세계대전이 임박하자 자신의 사명이 실패하고 자신의 경고가 무시되었음을 깨달은 웰스는 마지막으로 인권 문제에서 국제적 지지를 얻으려고 큰 노력을 기울였다.『인간의 권리(The Rights of Man)』(1940)에서 내놓은 그의 제안은 1948년 국제연합 인권선언에 일조했다. 전시 기간을 리젠트 파크의 하노버 테라스 자택에서 보낸 그는 1943년 런던대학으로부터 이학박사 학위를 받았다. 마지막 저작『정신의 한계(Mind at the End of Its Tether)』(1945)는 절망적이고 비관적인 작품으로, 50년 전의『타임머신』보다도 더욱 인류 미래를 암울하게 그리고 있다. 그는 1946년 8월 13일 하노버 테라스에서 사망했다. 마지막까지 쉬지 않고 활동하며 지칠 줄 몰랐던 그는 자기 자신과 인류에 끝없이 만족할 줄 몰랐던 예언가였다. 죽기 3년 전 자신이 쓴 기발한 사망 기사에서 그는 "언젠가는 책을 쓸 것이다, 진짜 책을."이라고 썼다. 생전 50권 이상의 소설을 발표했고 총 150여 권의 책과 소책자를 출간했다.

옮긴이 주

서문

1) 델포이의 여자 사제가 앉아서 신탁을 내리던 의자. 삼각대 위에 둥그런 석판을 얹은 것으로, 사용하지 않을 시에는 월계수 가지 하나를 그 위에 놓아두었다.
2) 서양의 옛날 점쟁이(예언자)들은 수정 구슬을 들여다봄으로써 과거·현재·미래를 예기하는 점을 치곤 했는데, 웰스의 단편「수정 구슬(The Crystal Egg)」(1897)에서는 화성인들이 수정 구슬을 통해 지구를 관찰하고 영국인 주인공은 그 수정 구슬 속에서 화성의 풍경을 본다.
3) Brian W. Aldiss(1925~)는 영국의 공상과학 소설가이자 그 분야 명작집 편집자로 유명하다. 스필버그의 공상과학영화「에이 아이(A. I.)」의 원작인 동명 단편소설을 썼으며, 웰스의 작품을 패러디한『모로의 다른 섬 Moreau's Other Island』(1980)을 쓰기도 했다.
4) 컴퓨터가 지배하는 미래 도시를 묘사한 공상과학소설.
5) 만물의 최소 단위가 점 입자가 아니라 '진동하는 끈'이라는 물리 이론. 끈의 진동 형태에 따라 입자의 질량을 비롯한 모든 물리적 성질이 결정되고 우주도 이에 따라 형성된다고 말한다.
6) The Chronic Argonauts는 직역하면 '탐험 중독자'이다. Argonauts는 그리스 신화에 나오는 아르고호의 승선원들을 이르며 '모험가'를 뜻한다.
7) Lukianos(125~180). 시리아의 수사학자로, 그리스어로 풍자물, 공상 이야기 따위를 썼다.『진짜 이야기(A True Story)』에서 그는 호메로스의『오디세이』에 나오는 설화 일부를 패러디했다. 달과 금성 여행, 우주인, 행성 간 전쟁과 같은 현대적 이야기 주제를 쥘 베른이나 H. G. 웰스보다 수 세

기 앞서 예견했다.
8) 현존하는 가장 오랜 소설로 저술 시기는 서기 170년경으로 추정된다. 마법에 호기심을 품고 있던 청년 루키우스는 잘못하여 당나귀로 변신한다. 다시 사람으로 돌아오기 위해서는 장미꽃을 먹어야 하는데 그러기 위해 당나귀가 겪는 수난이 줄거리의 중심이다.
9) George Alfred Henty(1832~1902). 다작한 영국 소설가이자 종군 기자로 활동한 제국주의 지지자. 『예루살렘 성전의 최후(For The Temple: A Tale of the Fall of Jerusalem)』(1888), 『대초원 밖으로(Out on the Pampas)』(1871), 『젊은 나팔수들(The Young Buglers)』(1880) 등을 쓴 그는 주로 역사 모험소설로 19세기 말에 인기를 끌었다.
10) 런던 남서쪽 리치먼드와 큐 사이에 위치한, 정원과 유리 하우스 들이 있는 공원이다. 세계에서 가장 많은 식물 종을 보유하고 있다.
11) 라파엘 전파란 19세기 중반 영국에서 화가, 시인, 평론가 들이 결성한 유파로, 그 이름은 르네상스 화가 라파엘 이전 화풍으로 돌아가자는 주장에서 유래했다.
12) 19세기 후반, 윌리엄 모리스에 의해 촉진되었던 운동으로 중세 장인들의 사상과 기술로 되돌아가 디자인의 본령을 재생하는 데 목적을 두었다. 예술가들은 가구, 직물, 벽지 등에 손으로 직접 작업했다.
13) 1806~1861. 빅토리아 시대에 가장 유명했던 여성 시인.
14) 자연계에서 그 생활 조건에 적응하는 생물은 생존하고, 그렇지 못한 생물은 저절로 사라지는 일. 다윈이 도입한 개념이다.
15) 열의 이동과 더불어 유효하게 이용할 수 있는 에너지의 감소 정도나 무효(無效) 에너지의 증가 정도를 나타내는 양.
16) warlock. '마법사'라는 뜻.
17) Moloch. 가나안 민족의 음탕한 신으로, 아이들을 제물로 받았다.
18) "또 예루살렘 남쪽의 힌놈 골짜기에는 도벳이라는 제단이 있었는데, 여기서는 몰록 신에게 아들이나 딸을 산 채로 불에 태워 제사를 지냈다."
19) '젖을 떼다' 혹은 '유아'를 뜻한다.

20) 책 제목이자 주인공이 발견하는 나라의 이름이다.
21) 유대교의 축제일인 유월절에는 어린양을 희생해 먹는다. 여기서는 어린양과 엘로이를 동일시하고 있다.
22) 1889년에 스코틀랜드인 존 로슨 존스턴이 개발한 액상 소고기로, 더운 물이나 우유에 타 먹는다. 수프나 스튜에 섞거나 빵에 발라 먹기도 한다. 원래 이름은 '존스턴의 액상 소고기'였다가 나중에 '보브릴'로 바뀐다. 나폴레옹 3세가 프로이센과의 전쟁 중에 배고픈 병사들에게 먹일 소고기 캔 백만 개를 주문했는데, 이에 응하는 과정에서 존스턴이 고안했다.
23) 영국 시인 앨프리드 테니슨 경의 시구로서, 자연의 무자비함을 뜻한다.

타임머신

1) 1835~1909. 미국의 천문학자이자 수학자.
2) 1066년 잉글랜드에 상륙한 노르망디 공(公)의 군대와 잉글랜드 왕 해럴드의 군대가 헤이스팅스에서 벌인 노르만정복 때의 전투.
3) 연대 오기(誤記)라는 뜻도 있다.
4) 감각이나 반응을 일으키는 경계에 있는 자극의 크기.
5) 지각(知覺)에 의하여 의식에 나타나는 외계 대상의 상(像). 직관적인 것으로 개념이나 이념과 다르다.
6) 식물 분류학과 박물학을 연구하는 단체.
7) 독일 바덴-뷔르템베르크 주에 있는, 전통적인 대학 도시.
8) 이 오만한 왕은 신의 저주를 받아 권좌에서 쫓겨나 소처럼 들녘에서 풀을 뜯어먹고 살았다.(「다니엘」 4장 31~33절 참조)
9) 1847~1929. 당시의 총리로, 자유당 당수이자 자유주의적 제국주의자로 양심과 평화를 주창했던 글래드스턴과 자주 충돌을 일으켰다.
10) 천연 단백질이 펩신에 의하여 부분적으로 가수 분해하여 생기는 것으로, 환자의 인공영양제로 쓰인다.
11) '말 없는 남자'의 정체를 두고 의견이 분분하다. 시간 여행에서 돌아와 자기 자신과 대면한 시간 여행자라는 추측이 있지만, 그렇다면 화자나 방

문객들이 그를 못 알아볼 리 없다. 시간 여행자가 '말 없는 남자'의 이름까지 거명한 걸로 봐서 시간 여행자와 친분이 있는 사람으로 짐작된다.
12) 웰스는 한때 버나드 쇼의 소개로 사회주의 단체인 페이비언 협회에 가입한 적이 있다. 한 웰스 연구가에 따르면, 이 이름은 당시 페이비언 협회를 주름잡던 비어트리스 포터 웨브 부인과 '포터'라는 이름의 어느 뮤직홀 코미디언 가족을 동시에 의미한다고 한다. 당시 포터 웨브 부인이 노동계급 박애주의에 관한 경제학 소책자를 썼는데, 이에 대해 웰스가 기자의 입을 빌려 이 자리에서 공공연하게 조롱하고 있는 것이다. 또한 자신의 작품 『신 마키아벨리(The New Machiavelli)』(1911)에서도 웨브 부부를 베일리 부부로 희화했다.
13) Blank, Dash, Chose: Blank는 공백 혹은 아무개란 뜻이고, Dash는 구문 생략할 때 쓰는 줄표(—)를 뜻하고, Chose는 '선택하다'의 과거형이다. 따라서 정식 이름이라기보다는 임시 호칭으로 추정된다. 그조차도 누가 누구인지 알 길이 없다.
14) 건축 공사 때에 높은 곳에서 일할 수 있도록 설치하는 임시 디딤단.
15) 벽이나 천장, 처마 등의 가장자리에 가로로 길게 돌려 댄 띠.
16) 고대 그리스·로마인의 가운 같은 겉옷.
17) 고대 그리스·로마인이 신던 가죽신.
18) 고대 그리스·로마의 비극 배우가 신던 편상(編上) 반장화.
19) 독일 동부의 도시로 도자기 산업으로 유명하다.
20) 꽃이 줄기나 가지에 붙어 있는 상태.
21) 중생대에 물에 살던 파충류로, 어룡(魚龍)으로도 불린다. 몸은 방추형이며 지느러미 또는 지느러미와 유사한 날개를 가졌다.
22) remote future 혹은 distant future. 미래학에서는 편의상 현미래(現未來: 10년), 근미래(近未來: 100년), 중미래(1,000년), 원미래(10,000년)와 같이 구분하는 경우도 있다.
23) 불교나 힌두교에서의 다층탑.
24) 독수리의 머리와 날개에 사자의 몸통을 가진 그리스 신화에 나오는 괴

수. 머리, 앞발, 날개는 독수리이고 몸통, 뒷발은 사자인 상상의 동물. 오리엔트가 기원으로, 건축이나 장식 미술에서 많이 볼 수 있다.
25) 오벨리스크. 고대 이집트에서 태양 숭배의 상징으로 세웠던 기념비. 네모진 거대한 돌기둥으로, 위쪽으로 갈수록 가늘어지고 꼭대기는 피라미드 모양으로 되어 있다.
26) 같은 품종 안에서 혈연관계와는 상관없이 나타나는 특정 형질을 골라서 하는 교배.
27) Grant Allen(1848~1899): 과학소설의 또 다른 개척자이자 기존 탐정소설을 혁신한 영국 작가. 진화론의 유력한 지지자로 웰스가 『타임머신』을 발표한 1895년에 그랜트 앨런은 『영국 야만인(The British Barbarians)』을 써서 웰스와는 다른 형태의 시간 여행을 소설화했는데, 큰 인기는 끌지 못했다.
28) 조지 다윈(1845~1912)을 말한다. 찰스 다윈의 둘째 아들로 케임브리지 대학의 천문학 교수였다. 달이 지구로부터 어떤 이변으로 떨어져 나왔다는 가설을 내세워 한때 유명했다.
29) 런던 동부의 빈민가로 당시 노동자들과 유대인들이 주로 거주했다.
30) 템스 강 근처 센트럴 런던 채링크로스에서 남쪽으로 16킬로미터쯤 떨어진 작은 삼림지대.
31) 그리스 신화에 나오는 율법(律法)의 여신으로, 절도(節度)와 복수(福數)를 관장하고 인간에게 행복과 불행을 분배한다고 한다.
32) 원문에는 앞의 7, 8마일(약 12, 13킬로미터)과 비교해 18마일(약 28.8킬로미터)로 명시되어 있는데 성인 남자 평균 걸음인 시간당 4킬로미터로 계산하면 일곱 시간이 넘는 도보 거리다.
33) 센트럴 런던에서 남서쪽으로 11킬로미터 남짓 떨어진 런던 교외.
34) 파투우스라고도 하며 숲과 들, 목축의 신으로, 염소의 다리가 달리고 뿔이 나 있는 그리스의 신 판과 동일시되기도 했다.
35) 큰개자리에서 가장 밝은 청백색의 별. 하늘에서 볼 수 있는 가장 밝은 별로 지구에서의 거리는 8.7광년이다.

36) 천체의 작용에 의하여 지구 자전축의 방향이 조금씩 변하는 현상을 말한다. 이 때문에 천구(天球)의 적도와 황도가 변하고, 그에 따라 춘분점이 해마다 조금씩 달라진다. 자전축은 72년에 1도 정도 회전하며 1회전 주기는 25,920년이다.
37) Thomas Carlyle(1795~1881): 빅토리아 시대에 막대한 영향을 끼친 스코틀랜드 출신 사상가로, 지배계급의 무위도식과 방탕을 신랄하게 비판했으며, 역저 『프랑스 혁명』에서는 프랑스 혁명을 군주와 귀족 계급의 어리석음과 이기주의에 대한 필연적인 심판으로 간주했다.
38) 템스 강 남쪽 강변에 있는 자치 도시였다가 현재 런던으로 통합되었다.
39) 이백만 년 전부터 팔천 년 전까지 아메리카 대륙 일대에 생존했던, 코끼리 덩치만 한 늘보과의 일종이다. '메가테리움'은 거대한 짐승이란 뜻이다.
40) 몸의 길이는 20~25미터, 몸무게는 32.5톤으로 추정되며 중생대 쥐라기에 번성하였다. 물가에서 수생식물을 먹고 살았다.
41) 긴 옷자락을 아름답게 날리며 추는 춤.
42) 쥐라기와 백악기의 오징어 비슷한 동물의 화석.
43) tidal drag: 조석력을 의미하는 tidal force와 같은 의미로 보인다. 위성과 행성 사이에 작용하는 인력을 일컫는데, 천체 사이의 조석력으로 지구 자전주기가 점차 길어지고 있다. 달은 지구와의 조석력 작용으로 이미 자전주기와 공전주기가 같은 동주기 자전을 하여 지구에게 한 면만을 내보이고 있다. 이렇게 조석력이 고정된 현상을 조석 교착이라 부른다. 조석(潮汐)이란 말은 밀물과 썰물을 말하며, 또한 그것을 야기하는 인력을 일컫는다.
44) stalk: 게 등속의 눈알에 붙어 눈알을 눈구멍으로 넣었다 뺐다 할 수 있는, 안구근(眼球筋) 같은 줄기.
45) 별빛이 깜빡이는 것은 두꺼운 대기층 때문인데, 이 깜빡임을 피하기 위해 천체망원경을 산꼭대기나 대기권 밖에 설치하는 것이다. 공기가 희박하면 별빛이 덜 깜박거린다.
46) inner planet: 웰스는 태양과 지구 사이에 있는 수성, 금성을 일컫고 있

다. 현대에서는 이에 해당하는 inferior planet이라는 용어를 쓰고 있고, inner planet은 태양 가까이에서 공전하는 지구와 유사한 지구형 행성 (terrestrial planet)을 뜻하며 inferior planet에 달과 화성이 추가된다.
47) 이 이야기의 화자로 시간 여행자의 친한 친구다. 이 소설은 화자가 두 명인데 전반부와 에필로그를 쓴 힐리어와 지금 시간 여행담을 들려주는 시간 여행자다.
48) 공룡의 일종으로 몸길이 3~5미터로 도마뱀과 비슷하며 네발은 지느러미 모양으로, 바다에서 살았다.

부록 1 / 웰스의 서문(1931)
1) 웰스는 단편 「시간 탐험가들」에서 아주 꼼꼼한 방식으로 시간 탐험가를 거의 음산한 마법사처럼 그려놓았는데 너새니얼 호손도 「젊은 굿맨 브라운(Young Goodman Brown)」(1835)에서 마법사에 대해 쓴 적 있다. 사실 웰스의 이 단편은 1961년까지만 해도 복구되지 않았으나 버나드 버곤지(Bernard Bergonzi)가 『초기의 H. G. 웰스(The Early H. G. Wells)』에 부록으로 실어 출판하는 바람에 널리 알려지게 되었다.

부록 2 / 웰스의 생애
1) 그리스 신화에 나오는 거인 신. 프로메테우스의 형제로, 천계를 어지럽힌 죄로 제우스에게 하늘을 두 어깨로 메는 벌을 받았다.
2) 허버트의 애칭.